JN213953

塚田恵美子
Tsukada Emiko

風を起こす

洪水企画

風を起こす／目次

表紙写真＝本郷毅史、カバー・本文写真＝塚田恵美子・塚田伸一

2015

1　縁があったから

稲の葉は空へ伸び全身で暑い日差しをうけています。

七月。一本の稚苗は十数本にまで茎を増やし、丈は五十センチほどに成長しています。止めっ葉になった茎の元では硬い穂を孕んでいます。稲穂の赤ちゃんです。この穂孕期の稲は全力で日光と水と養分を吸収し、秋には豊かに実り、その頭を垂れます。

一本の穂は百二十前後の籾をつけます。炊きたてのご飯のひと箸は何粒あるのか、試しに数えてみると二百七十から二百十粒ほど。脱穀までの作業の際一粒も零さぬようにしております。

日本全国、水田は見られますが稲の葉を撫でたことはありますか。しなやかでそれでいて強く、葉先へは優しく扱けるのに、元へは逆撫でとなり手が切れてしまいます。（なぜそういう葉になったのかしら）

じりじりとした光に時間は止まりしんとして、稲の葉擦れは聞こえず木々の枝先もピタッとして揺れない。

ちょっと風を起こしてみましょう。

「ガーコ、ガーコちゃん」

道から大声で呼んでみます。田んぼのあちこちで合鴨が首を伸ばし、稲の葉の上に頭を出して私を見つけました。株間を縫うようによっこらよっこら歩き、姿は見えないけれどザワザワザワザワ近づいて来ます。鴨達が揺らした稲の葉の上に一陣の風が吹きます。

・夏の陽に稲の葉陰にかくれんぼ鴨しんとして風も動かず
・田の中に姿の見えぬ合鴨は吾の呼ぶ声に葉を揺すり来る
・そこここでざわざわざわと稲揺れる　鴨が歩いて風も歩いた

畦を行く私の後を合鴨達が付いて来ます。

「ガーコちゃん！　そんなにくっついてきたら足踏んじゃうでしょ！　私の前を歩か

ないで！　もうちょっとそっちへ行って！」ガーガーがやがや。今年も合鴨引連れての米作りです。十一年目に入ります。

そもそもなぜ合鴨農法なのか。全ては子の一言が始まりでした。東京へ進学する長男が「無農薬の合鴨米を買うから、家の米は送らなくていいよ」と言い置いて家を出ました。今までしてきた事が根底から覆された気がしました。「わが家も合鴨農法をやる！」。即決です。相談も何もありません。心がぐるんと動くのに力は要りませんでした。合鴨農法を知らないのだから迷うこともありません。

米農家のプライドでしょうか。

「プライドですって。プライドが育つほど農業に身を入れてきたようには思えませんが」と、あの人もこの人も言うでしょう。

あの人は百一歳で去年極楽往生した義母。この人は私を当地へ引っ張って来た人。

さて、ここは何処、いつから、なぜこの人と。この期に及んで言うのもなんなのですが、いつからをぼかしたいと……（つまり年齢をです。虚偽は記載しません）

ここは信州・大町市。西に双耳峰の鹿島槍ヶ岳・爺ヶ岳・蓮華岳の北アルプス三千メートル級の山々を毎日仰いでおります。

北に千三百メートルの小熊山を裏山として背負ってます。山裾に沿う細い川は農業用水路でもあります。

大町市の東に連なる千メートル級の山々は、まとめて東山で通用します。正式名を知る市民はどの位いるのでしょうか。

市街地を南に穂高・安曇野・松本へと平野が広がり、標高が低くなっていきます。我家は海抜八百メートル。頭痛持ちの母は来るたび、高山病になったと嘆いていました。

白馬へは車で二十五分ほど。途中に木崎湖・中綱湖・青木湖の総称仁科三湖が北へ並びます。湖畔を観光施設がぐるりと取り巻いており……ません。静かな湖です。

お盆の花火大会が一日だけ木崎湖を華やかに彩ります。湖岸に陣取り目の前で弾ける水中スターマインに熱狂します。

・夢なのか光と音消え木崎湖の水のおもてに満月映る

最近はどうか知りませんがクーラーを置いてある家はありませんでした。息子が受験

のころ、我家はクーラーを入れてしまいました。

八月。お盆を過ぎると手の平をかえしたように涼しくなり、夜は寒くさえあります。近年は九月に入っても残暑の日がありますが東京の比では勿論ありません。

・移ろえる季節伝わる肌掛けの床上一尺すず風わたる
・秋空に風が姿を見せたれば雲は風に添い風は雲まとう

そしていつからここへ……随分と昔のような気がします。農業には毛ほども関心のない私が、この人の所へ東京から嫁いだのは昭和五十四年の冬。本当に寒かった。
話は大学卒業後の頃にまで遡らせていただきます。
私は長期短期を含めて四社で仕事をしました。三番目の会社に勤めていた所で出会いましたのがこの人です。（いびきをかいて今昼寝をしています。お腹は出たし、白髪頭になっちゃって）
その会社は外資系のエアコンメーカーの本社で、赤坂のアメリカ大使館のすぐそばにありました。この人は長野県・豊科工場に籍を置き、本社と行き来をしておりました。

私は経理部におりました。毎年の監査には公認会計士達が会議室に陣取り、私達はその資料提供にぴりぴりしておりました。彼らはこの膨大な数字から会社の全てが透けてみえるのだと思いました。

あの頃、仕事に対してなぜもっと真剣にキャリアを積まなかったか。胸の奥にチリチリとした刺は今も残っております。仕事で自分を支えようとは考えていませんでした。仕事は結婚までの腰掛けでしかなかったのです。見合いもしました。が、鼻毛が伸びていたから嫌、靴が汚れていたから嫌、セーターを肩に掛けているのが嫌、など愚にもつかぬ理由で振って振られて縁がなく、そんな中この人には断る嫌なところがありませんでした。

この人が力を入れて話をしたのがローマ・クラブのことです。

ローマ・クラブ　1968年にローマで初会合を開催したことからこの名がつき、今日まで続いている民間組織です。

世界各国の科学者、経済学者、政策立案者、教育者や企業経営者らで構成されます。公害や環境破壊、貧困、天然資源の枯渇など地球の有限性という共通の問題意識を持ちます。

そしてその人類が直面する脅威を緩和、回避することを目的に、その方法を探り、解決策の実現のために研究、啓蒙活動をしているというものです。

1972年、報告書「成長の限界」が発表されました。人口増加や環境汚染などの現在の傾向が続けば、100年以内に地球上の成長は限界に達すると警鐘をならしました。有名な文として

「人は幾何級数的に増加するが、食料は算術級数的にしか増加しない」があります。

この話を聞かされている頃、あるテレビ番組に出会いました。食糧輸入がもしゼロになったら日本はどうなる、という想定番組でした。食糧だけがゼロなのかエネルギーな

ど全てがゼロだったのか記憶は不確かです。

どのように食糧を確保するのか必死な取り組みがなされました。が、新たな農地の確保の困難さ、新たに作付けする種の入手の困難さ、耕作機械や燃料の不足などがあり、そして様々なシミュレーションの果の結論がでました。

日本に餓死者が出る
そしてこの人には切り札の一言がありました。「農家だから何があっても飢え死にすることはない」

そして農業なんてやったことない、と言う私に「簡単だよ。種を蒔くでしょう、そしたら芽が出て、花が咲いて、実がなるから、それを採れば良い」と。嘘を言ってはおりませんが、これは農業ではありません。

農業に何の興味も無かったゆえ、やれるのかしらという不安も湧いてきませんでした。つまりやる気ゼロの私は、なるほどね、と納得しました。お互い詐欺っぽい気がします。

三十五年の年月を経ました。今年は近年にない豪雪でした。三月なかの今、雪は二十センチほどにまで減りました。桜開花のニュースを聞きながら新聞をめくると、「もしも食料輸入が止まったら…」

こんな活字に釘付けになりました。３月１８日の朝日新聞の一部を載せます。

農林水産省は「食料・農業・農村基本計画」で食料自給率目標（カロリーベース）を５０％から４５％に下げる一方、日本の食料生産力を示す新たな指標を示した。もし食料の輸入が止まっても、国内農業をイモ中心に切り替えれば必要なカロリーを確保できる。

ああ、よかった。餓死者は出ないのね。

非常時、イモばかりなら供給可能と…。

でも、昔見たあの仮想ドキュメンタリー番組は違う結論でした。全て機械作業の米農家がイモを作れるのでしょうか。我家で半分をイモにするとしたら、苗植え、収穫は全て手作業です。生きるためとは言え……。

こんな事を考えられるようになったのも、この人とご縁があったから。

・炎天を厭わず今日も野良に立つ掌厚き彼は農人

2　小屋に灯るあかり

小熊山とその麓の林は、今、一年で最も心が躍る時を迎えています。四月の終わりから五月にかけて、山の木々は生気を帯び、一本一本の息遣いが目に見えるようです。今年は一週間ほど早く芽吹きが始まりました。

淡い黄色味の緑色に混ぜる白・青・黄の色の加減がそれぞれの木で微妙に異なっているのです。好みの色で春を楽しんでいるようです。

信州に来て初めて芽吹きに気づきました。空気が一瞬若草色になった、と感じることがあります。山肌の空に一滴の黄緑色の絵の具がふわあと広がるのです。淡く色付いたベールの内に萌黄色の木々が見えております。

淡い緑色の木々は日に日にその色を濃くしていきます。砂時計を見ているようです。青竹色から緑色・翠色の新緑となり、暫くの後どの木も同じような深緑となり常緑樹に紛れていきます。

時の速さを見続ける半月余りです。「あと何回私はこの芽吹きを見ることができるのかしら」と思うのは毎年のことです。

東京にも緑はあるのに見えなかった、と言うのが正直なところです。景色や物だけではなく人から聞いた話なども、意識しないと見えてこないのだと思います。あの時もっとちゃんと聞いておけばよかった、記録しておけば良かった等と、どんなに悔やんでも今ではもう取り返しがつきません。

例えば義母（塚田繁野・去年百一歳で亡くなりました）の体験談。昭和十一年の二・二六事件に遭遇していたのです。その時の物々しい町の様子などもっと聞いておけばよかった。私にぽそっとついでに話してくれた事でした。私の夫も知らないと言います。

義父（塚田貞二・明治二十九年長野市生まれ）は戦前東京で仕事をしておりました。戦後間もなく開拓農民としてここ大町市平新郷で人生の後半を始めました。十四戸で新しい郷を作ったのです。

繁野さんは後妻として嫁ぎ昭和二十三年に一人息子（伸一）を得ました。彼女の両の手の指は内に、くの字形に曲がっており、その手は何十年も鍬を握り、鎌を握り、稲を刈り、雑草を取り、硬い土塊を砕いてきました。

では田んぼってどのように作るかご存知でしょうか。深い土のある畑に水を入れてかき混ぜれば田になる、と思っておりませんか？　あっ、そうやって田になる所もあるのかもしれませんが、ここは違います。

ここ一帯はいわゆる扇状地で石ころだらけだったそうです。大小の石を隙間なく平らに並べ、田の床（とこ）を作ります。その上に土を数十センチの深さになるまで運び入れます。作（つく）りと言います。小さな耕運機の後ろのリヤカーに、掘った山の土を乗せくる日もくる日も運んだそうです。我家の十枚ほどある田の最後の一枚は、昭和四十一年の春に完成しました。

大町市平の数地区で百町歩開拓したといいます。百町歩！です。この地区・新郷の十四戸の開拓一世の殆どの人はあちらに行ってしまい、今は九十歳近くの御夫婦がいらっしゃるのみです。開拓二世の世になった現在は、田が売られ住宅地になった所、耕作放棄地の所、生産団体に全て委託してそば畑になった所、住む人がいない所など様々です。我家とて将来のことは分かりません。

でありますが、去年、この地区にIターンで新規就農の若い家族が越して来ました。

ワイン用蒲萄の木を育て始め、また合鴨農法で自家用の米作りにも挑戦しております。若い人が来るって、こんなにも嬉しい事なのですね。

さて我家には開拓のシンボルとも言える建物があります。大きな楢の木の下に今にも崩れ落ちそうな、もはや建物の様相はなさぬ小屋です。茅葺き屋根に載せたトタン板は朽ちかけて、梁も落ち、少しよろけておりますが四本の柱で立っています。今年の大雪で潰れるものとばかり思っておりましたが、夫は幼き日この茅葺きの小さな家の窓から外を見ていた記憶があると言います。

この朽ちかけた小屋に灯るあかりを今でも見るのでしょうか。

私自身、幼児期六歳まで暮らした住居を、記憶の底から引き上げたいと焦がれるほど思う時があります。

そうそう開拓のことでしたね。最後に作られた田んぼはその後の国の減反政策に従い、米は作れずただ管理するのみとなりました。その田に何十年ぶりかで水が張られ稲が植えられ、渡る涼やかな風が小窓から吹き込んできたのは五年前のことです。

・先人の開墾せし田を生かさんと水を張りたり夫はこの春
・甦る田の面(も)をわたり水の香の風は吹き込む窓あけたれば

義父の貞二さんは終戦間際まで東京に住んでいた事もあり、私と東京の話をよくしました。「湯島天神に行ったことあるか」など問われる場所には殆ど行ったことは無く、申し訳なく思ったことを覚えております。

戦争の事は一言も話しませんでした。長女の小澤元子さんから聞いたのは、昭和十九年二月十七日サイパン島沖で、長男を亡くしていること。戦後、小さな石だか珊瑚だかが白木の箱に入って帰って来たこと。更に戦火の中を逃げ回ったことも。

終戦の年の五月、山手線内が空襲に遭い、池袋に住んでいた貞二さん親子三人は、炎の中を逃げたそうです。そして左足土踏まずを負傷した父親を元子さんは背負い、弟を連れて東京を離れたそうです。故郷長野へどのようにしてたどり着いたのでしょう。足の傷跡を私は気付きませんでしたが、夫は勿論知っておりました。

傷跡といえば私の亡父の左手首にもありました。終戦間際の中国大陸で父は左手首を銃弾貫通して動けなくなりました。幸い後ろの隊にいた父の兄・八郎さんに助けられながら、先に行ってしまった自分の隊に何日もかけて追いついたそうです。負傷兵として日本に返され終戦となりました。父の手首の抉れたような傷跡を私は怖々触った覚えがあります。

八郎さんと父は仲の良い兄弟で同じ東京に住んでいたという事もあり、足繁く家族で行き来しておりました。

私は終戦の四年後、昭和二十四年に東京深川猿江町で生まれました。終戦からわずか四年の間に東京は大きく変わっていったのでしょう。戦争の事を聞かされた覚えもなく、戦争の爪痕を見た記憶もありません。見ていたのかもしれませんが。

私は小学一年生の時、練馬区中村橋に引越ししました。その際ひと月ほど元の東川（とうせん）小学校に通いました。その小学校のことは覚えておりませんが、今でも在りありと思い出せる通学途中の光景があります。

駅の中央ホール入口（多分池袋駅）に膝を付いて座し、お辞儀するように両手拳を地につけ微動だもしない白い服を着た人、傷痍軍人です。その横に立ちアコーディオンを弾く人も白い服着ておりました。電車の中にも乗ってきて、無言で通路の人々の間を通って行きました。私にはただ怖かったです。

開拓のシンボル・夫伸一の幼少時の家

新郷の開拓之碑

夫も子供の頃東京へ行ったおり、汽車の通路を来る傷痍軍人の胸に下げた箱に小銭を入れたのを覚えていました。貞二さんに「入れてやれ」と言われたそうです。

続いて小澤富治さんのことも話したいと思います。貞二さんの長女元子さんの夫です。十六だか十八歳で少年飛行兵に志願しました。予科練と言うのだと思います。土浦航空隊から九州の航空隊に移動して、特攻隊の訓練を受けました。いよいよ出撃するという日が決まり、東京の両親が九州までお別れに行ったそうです。特攻出撃の二週間前に終戦となりましたが、原爆の落とされた広島の町を歩いて東京へ帰った両親は、孫の顔を見る頃相次いでガンで亡くなりました。

富治さんは言っておりました。「誰も天皇陛下のためだなんて思っちゃいないよ。親・兄弟を守るために俺ら皆志願したんだ」と。江戸っ子の富治さんはいつも賑やかにお酒を飲んでいました。

数年に一度、私はある双眼鏡を日に干します。繁野さんと十歳離れた弟の柳川清誠さんが置いていったものです。

清誠さんは時折我家に遊びに来ておりました。姉弟二人の生家は白馬村にあるので、親族の用事の折も殆ど我家に泊まりました。

お酒を美味しそうに飲む清誠さんは、私に問われるまま旧海軍のことを話してくれました。

開戦の年の十二月八日、旧日本海軍の空母翔鶴に乗って真珠湾にいたのです。軍艦に乗り、そこでの任務は、敵艦の位置を計り、それに向かって撃つ大砲の筒先の方角、そして角度を計算していたそうです。蚕棚のように吊るしたハンモックに寝ること、怪我した人、死んだ人のこと、多くは語りませんでしたが最後に武蔵会のことを話してくれました。

戦艦武蔵の生き残った人達が作る会です。会員は皆高齢となりいつまで会を続けられるか分からないという事で、遺族も含め慰霊に出ることになりました。フィリピン沖で武蔵が沈んだ海の上を船はゆっくりと三回周り、ボォーボォーボォーと汽笛を鳴らし続けたそうです。

空母翔鶴に乗り開戦をまのあたりにした清誠さんが次に乗ったのが戦艦武蔵、その後に駆逐艦冬月に乗り、冬月で終戦を迎えました。

清誠さんと軍艦に乗り、清誠さんの胸の前で生死を共にしてきた双眼鏡を、今、日に干しております。黒い皮のケースに収まり一ｋｇもあり、縁は擦れ、鉄が地肌を見せております。

JAPANと刻され星印の横にAntaresとあります。

アンタレスとは社名か製品名かは分かりませんが意味は（天）赤星・さそり座のアルファ星・変光星の一つ・夏、南天に見える、とあります。

私の右手は、飢えや戦火、殺し合いという苦しみ・悲しみを背負ってきた人たちと手を繋いできました。左手は、私の次の世代の子供と手を繋いでおります。

私の右手が繋いだ人たちの吸っていた空気を、私は少しだけ知っています。その人たちは皆あちらに行ってしまいましたが、戦争のない世に住む安心・幸せを私の右手に残

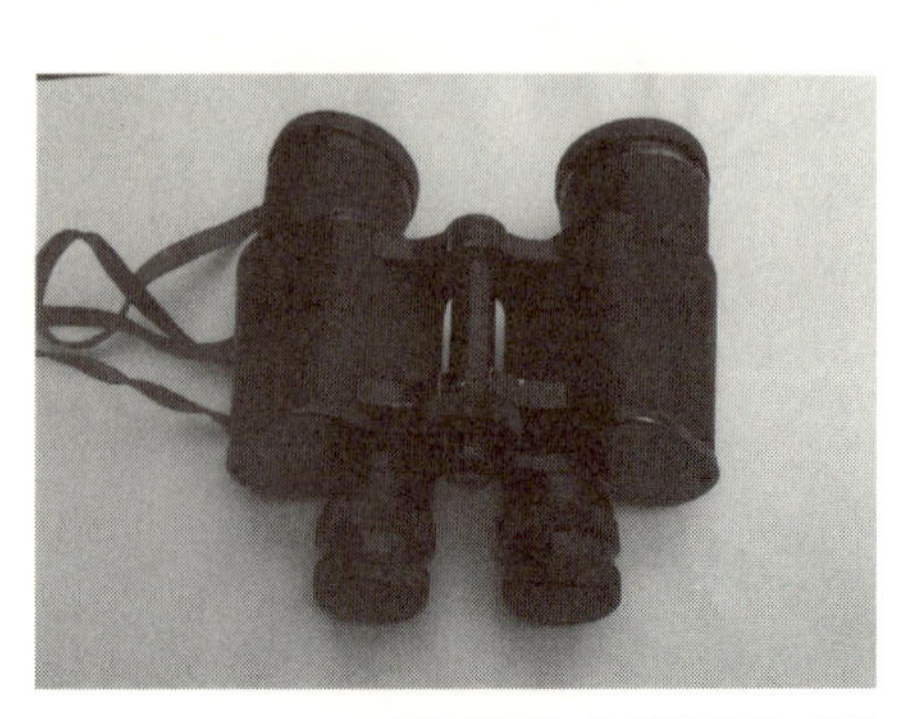

旧日本海軍の叔父柳川清誠の遺品

していきました。

そして今、その思いを左手につなぐ人に伝えて欲しいと、右手を繋いできた人たちは言っている気がしてなりません。

・暖かい秋の日ざしは肩も背も息をも包む　父に会いたし

先の人たちに感謝致します。

3　雲に手が届く

肌に直接ぶつかってくる夏の陽射しが少し和らいだかなと思う時、空はもう秋色です。九月なかごろ、蟬の鳴き声はほとんど聞かれなくなりました。秋の虫が一日中鳴いています。野中の一軒家なので、家のどこにいても聞こえます。今、この原稿のキーボードたたきながらコオロギの声を楽しんでおります。目を閉じて湯船に聞いているときは、野天風呂に浸かっているようです。五感は耳に全てを委ねると、自身の存在の気配は虫の声のみの世界に次第に薄れ心が和んでいきます。

東京に住んでいたころ、秋の気配をしみじみ味わったことなんてあったかしら。デパートのディスプレイが秋色になったら、それが私にとっての秋でした。忙しかったし自分自身のことが一番の関心事であったと思います。この田舎にはない秋、東京に住んでいてこそ感じられる秋、どんなのがあるかしら。勿体ないことしたなあ。でも、あの頃はあの頃、今は今。

・涼風にいやされたのか夏タオル私に凭れる突っ張るやめて
・心まで迷子になりたる心地する蜩の声に包まれて、今

　秋空の下、緑の山は大町を囲むように幾重にも連なり切れなく延びております。そうそう、私は裏の小熊山は千三百メートルと言いましたが、我が家のすぐ後ろに、その高さで山がデーンとそびえていると、思われましたでしょうか。すでに標高八百メートルに住んでおりますので、小熊山はとてもかわいい山です。

　連なる緑の山の一部分が黒く広がっていることがあります。山を見ながら生活する初めのころ、山の黒い部分は、周囲とは植生が違うのだと判断しました。黒い所だけ周りとは違う樹が植えられているのだと。そう結論づけ納得すると、山の一部分だけの色の違いは見ても意識の中にもう入ってこなくなりました。それから後のある日、山々が影ひとつなくすっきりと並ぶのを見て、何か引っかかる思いが湧きました。何が変なのか分からないまますぐに忘れてしまいました。

　それから又後のある日、山の一部分が黒くなっているのを見つけました。「うん、絶対におかしい」そして、あっ、と空を見上げて全てを理解しました。青空に浮く雲が原

因でした。黒いのは雲の影であると気付くまで月日がかかりました。事象はしっかり見ているのに、原因を的外れな思いつきで理解した気になっておりました。

私は気象のことは知りませんが、九月の山は地中からふおっふおっと湯気を出しているようです。湯気は縦に山肌に沿い幾筋もの白い雲となり、空に上がろうとしています。上空が厚い雲にふさがれている時は、山の中腹で縦に並び空にあきができるのをまっているようです。麓近くまで降りてきている雲には手が届きそうです。その気になれば雲に触れるかもしれないのです。雲がファンタジーへの架け橋なのか、ファンタジーを現実にする架け橋なのか、どちらにせよ雲に手が届くと思える時、私はわくわくしてきます。東京にいたら、雲がすぐ目の前にある、なんてことありませんものね。


九月なかの初め、一台のコンバインが細道をゆっくり進んで行きます。その後ろをついて行く軽トラックの荷台のコンテナには、刈取ったばかりの籾が山と積まれております。

黄金色の稲刈り色になった田んぼが見渡す限りに並びます。

「いよいよ始まったわね」「うん」買い物に行く途中で目にした稲刈り第一号です。我

雲に手が届く

雲の影

が家の稲刈りは（田植えも）平林さんという人に委託しております。平林さんは稲穂を手に取り、刈取り時期を予定しますが、雨が降れば順送りになっていきます。そしてこの時期はまたよく雨が降ります。やきもきするばかりです。

・黄金色に実る稲穂の刈取りのひと日ひと日も賜りし時
・朝日浴び稲穂の波はもやのなか黄金色した海となりたる

稲刈り適期を判断するのは経験が必要なのですが、私などは稲の葉が青いからまだとか、だいぶ色が抜けて黄色になったからもう良いかしらと、この程度です。夫も「わかりっこお」と言います。分からないの意です。

稲作指導する農協から北安曇農業改良普及センターの資料が配布されました。天候不順に対する稲刈り時期の指標です。一穂に緑色の籾がどのくらいあるかで判断する「帯緑色籾歩合」です。参考？までに。緑色籾歩合１５％・あと五日程度で収穫開始　１０％・収穫開始　５％・成熟期これを過ぎると穂先から胴割れ発生　２％・刈り取り晩期、胴割れ急増と。胴割れとは、楕円の米の短径にすじ（ひび）が入る事で、白米にすると割れて小米になり、米の等級が下がります。

米農家にとって一年の締めくくりの季節です。目の前に黄金色に輝く田が幾枚も幾枚も刈取りを待っています。豊かな実りを手にする時です。毎年この時期は取れても取れなくても（米の収量）、コンバインが動いているのを見ると気持ちが浮き立ちます。でも今年は嬉しさがさほど湧いてこないのです。

九月十日前後、茨城・栃木・宮城県の記録的豪雨による凄まじい水害の様を見ているからです。家を流され己の命を守るのに必死の人らの姿がありました。四年前の大震災に私たちは決意しました。どんな災害に遭っても人が生き残れる方策を、地域も個人も持っていなければならないと。今その思いを新たにしております。勿論災害には遭わないのが一番良いのですが、自分の身にも起こりうると覚悟しておくことも大切なのだと、心の隅に持って暮らしていこうと思います。大町は糸魚川静岡構造線の真上です。そしてマグマ溜りが下にあると地質学の専門家から聞いております。

この大水害から一日も早く暮らしが再建されますように願っております。そしてその上で農家として言わせて頂くなら、水に浸かった稲はどうなるのでしょう。夫や農協の人とも話しましたが、多分駄目だろうと。倒れた稲は水が退いても起きませんし、暫くすると発芽してきてしまいます。重いため息つくばかりです。

しかし災害に遭う一番の悲しみは親しい人を失うこと。どれほど語り尽くしても心の内は晴れません。重たい石を一つ積んでしまったのではないでしょうか。『秋元千恵子集』（東京四季出版）の次の一首を引きます。

・思うこと言わずなりたりまたひとつ胸に象のなき石を積む　『吾が揺れやまず』

また、戦争で親しい人を失くした心の内はいかばかりでありましょうか。貞二さん（義父）は長男を戦争で亡くしております。戦地へ送られる途中の海で乗っていた船が沈められたのです。貞二さんも重い石を積んでいたのだと、私は子を持ってようやくその重さを推し量れる戸口に立ったようです。そして知人の元教師・柄澤和子さんも戦後七十年間重い石を胸に積んだまま生きてこられた方です。頂いた手紙の一部をここに載せさせて頂きます。

〈私が四年生（十才）のとき日本は大東亜戦争に負けてしまいました。ひどい負け方をしました。こんなにも悔しくも悲しい敗戦は二度とあってはならないのです。私はこの七十年の戦後は日々涙をながしていたといっても過言ではありません。

私をこよなく愛してくれたイトコの兄さんは、終戦になる間際になって、赤紙の召集令状を渡されて死ぬためにただ出征して、台湾とフィリピンの間にあるバシー海峡で、米国の潜水艦による魚雷攻撃を受けて、敵と戦うこともできず何千メートルも深い海に沈んでしまいました。（中略）

バシー海峡で起きていた日本兵の戦死者について先日調査してその時の状況を一冊の本に書いて出版してくれた作家がいました。著者は門田隆将『慟哭の海峡』（角川書店）（中略）輸送船にのせられて、フィリピンへ送られて行った兵士達が次から次と撃沈されて何万人もの日本兵が戦わずして殺されていったことが明らかになって来たのです。沈没させられた輸送船は三十隻以上だったことが分かってきたのです。（中略）生き残った方がバシー海峡を望むガランピー岬に戦友達の魂を慰めようと、生涯をかけてこの地にお寺を建てて祈り続けて来た中嶋秀次さんという方も、先般亡くなられたということです。

台湾人の方々は、流れつく日本兵の遺体をダビに付して、涙を流しながら一人一人を

土に埋めて弔ってくださった（後略）〉
とても長い手紙でした。これを頂いて暫く後ＮＨＫの戦争に関する特集番組の一つにこのバシー海峡がありました。ガランピー岬に建つ潮音寺とそれを守っている台湾の人が映されておりました。

今『慟哭の海峡』を読んでいますが、なかなか前に進めません。胸の奥の歯の根が合わず、時に涙をこらえながら頁を捲ります。

プロローグに〈膨大な数の若者が太平洋戦争（大東亜戦争）の最前線に立ちそして死んで行った。異国の土となり、蒼い海原の底に沈んでいった兵士たちの数は、実に二百三十万人にものぼる〉とあります。私はその数に驚くとともに、その数を知らなかったことに足元がぐらついた思いでした。今まで何を見聞きしてきたのでしょう。

〝輸送船の墓場〟と言われ十万を越える兵士が亡くなったというバシー海峡で、生と死を分けた二人の兵士の記録です。一人はこの海で前途を絶たれた柳瀬千尋（アンパンマンの作者・やなせたかしの弟）。一人は十二日間の漂流から奇跡的に救出された中嶋秀次。

私は、悲惨・理不尽という漢字を知っていただけ、言葉を知っていたに過ぎないのだとつくづく思いました。

その後に柄澤さんから頂いた手紙には、戦死した方の忘れ形見の息子は、成長ののち理学博士となり、公害問題に取り組みましたとあります。そして二人でガランピー岬の寺院を訪ねたいと手紙は結んでおりました。

私はかつて七十年安保が日本中に大きくうねっていた時代を学生として過ごして来ました。ヘルメットをかぶり顔にはタオルをまき、大学構内をもデモ行進していた学生達。大学の外にはいつも機動隊の車が止まっていました。政治に関心のあるなしに関わらず、そのうねりを痛いほど感じていた時代でした。それから四捨五入すれば半世紀がたちます。戦争のない平和な日本であったと思いますが、私は今、胸がざわざわざわざわしております。

2016

4　オサルノカゴヤダホイサッサ

見上げても、見上げても、どこまでも高い空は山の端を低め、わが里を小さくしております。

秋の日のことです。薄暗い廊下の灰色の壁がなぜか仄かに赤く染まっています。まるでぼんぼりがほおっと灯っているようです。壁の向かいの曇り硝子戸を開けた途端、「うわぁ」と声を上げました。北の出窓の曇り硝子が全面真っ赤になっていました。

出窓の外には、いろは楓が植えられ枝を張っています。もみじの紅葉が秋の光を照り返していたのです。外と内、二枚もの曇り硝子を通して、壁にまで射す秋の陽を初めて見ました。今まで見なかったその訳は、㈠掛けっぱなしの西日避けの簾を外したこと、㈡出窓に置いた品々を片付けたこと、㈢もみじが育ったこと、の三つの偶然の重なりが、私に小さな喜びをもたらしてくれました。

十一月、雲ひとつない空の下、初冬の装いの山が西に連なります。山の好きな人はきっと想像するのでしょうね……蓮華岳の山頂はもう真っ白で、中腹辺りまでうっすらと白くなっているのかなあ。爺が岳、鹿島槍ヶ岳、そして五竜、白馬三山が峰高く真っ白な雪をかぶってつながっているんだろうな、きれいだろうなあ……想像されるとおりの白い輝きが白馬岳へと延びております。

十一月も日を重ねるごとに山の紅葉には渋みが加わり、落ち着いた深まりを感じます。里も晩秋を迎えております。少しでも暖かい日があるうちにと、秋仕舞いの作業は忙しいです。何しろ冬は一気に来るので、あちらでもこちらでも気ぜわしいです。田畑や畦の野焼きをする、ビニールハウスの天幕を外す（雪の重みでつぶれるから）、農具類の片付け、トラクターで田の秋起し、畑では漬物用野菜の収穫の準備、家周りの枯れ葉の掃除などなど山積みです。でも広い田畑にぽつんと働く姿はのんびりとさえ見えます。

・指先もて青蛙追う　刈取結束機（バインダー）に轢かれるぞホイッ、ホイッ、ホイ、ホイ！

・刈株の葉を出すほどの日ざしなり風はかすかに藁のにおいす

ところが今、我が家は稲刈り後の秋仕事に取り掛かれずにおります。地区の農家組合の皆で、動物の侵入防止柵を立てているからです。山から下りてきて裏道を横切って田畑へ来るのは、猿・狐・熊・鹿・猪などです。私、嘘をついているのではありません、本当なのです。

猿の話から始めましょう。我が家の屋根の上を猿が無遠慮に歩くようになったのは、いつごろからだったかしら。シュッピ（犬の名前）がいた十五年ほど前にはもう来ていました。車庫の横の渋柿が紅葉するころ、猿はぽつぽつ現れ木に登りますが、勿論、渋くて食べられるはずがないのですぐに引き上げます。車庫に繋がれ猛然と吠える犬の鼻先を猿は駆け抜けます。シュッピは声を限りに吠えています。寒くなりやがて渋柿は甘くぽたぽたしてきます。何度も偵察に来ていた猿は、今日だ！という日に一族郎党子猿も含め十五匹以上が木に登り、そして数十分のうちに木を丸裸？いえいえ、食い散らして帰ります。その間シュッピはかわいそうにおろおろと隠れるようにしています。ワンとも鳴きません。何年か繰り返した後、シュッピのために渋柿の大枝をバッサリ落とし幹のみにしました。今再び枝を伸ばしつつあります。

畑の作物も一通りの物は作りますが、猿の目から隠すためもあり、雑草取りはあまり熱心ではありません。大根の収穫を明日という日に食い荒らされ、残りは数本ということもありました。南瓜を両脇に抱え、にっと笑って（近所の人も皆そう言います）すたこら逃げる猿の姿を想像してみてください。他家の野菜が庭に落ちていたりもします。

私が大町へ来たころは、猿のことなど話題にもなりませんでしたのに、今では前の県道を悠然と猿は歩きます。道もそうですが電線も伝って行きます、電線は被覆してあるので感電しないようです。電線にちなむ忘れられない思い出があります。いつものように電動エアガンを撃ちながら猿を追っていたら、二匹が電柱をするすると登り、道を渡る電線につかまりました。大猿はさっさと渡り行ってしまい、残された子猿がキイキイ鳴いています。その時私がどうしたかは多分どなたもお分かりにならないと思います。電線の上にいる子猿を私は電動エアガンを持って見上げているのです！　知らない人が見たら何と思うでしょうか。咄嗟に私は後ろを振り返り、車は来ないか人はいないかを確かめてから、さてどうしよう。この至近距離で子猿にBB弾を撃つ？　まさか、できっこおです。躊躇するほんの数秒の間に、子猿は電線から落ちることもなく私に嚇されることもなく、後戻りして無事に逃げていきました。何事もなくホッとしている自分がいました。

七年前の秋です。我が家にとって最大級の猿被害がありました。お昼前に買い物から

屋根の上の猿

戻ると、閉めて出たはずの玄関が少し開いてます。鍵は掛けたはずなのに、泥棒？　うわあああ！家中大変だあああ！　パトカーが来て近所中大騒ぎになる！　わあっ！と？！？！？だけが頭を渦巻いていました。玄関の古いネジ式の鍵はガタガタ揺すられ抜けており、引き戸は溝から外れかけていました。中に入ると玄関フロアーや洗面所が土で汚れています。泥棒は靴を脱がないとしても、でも下駄箱の上には乗らないでしょう。小さな手跡・足跡・置き土産を見て猿の侵入と分かりました。

アルコール消毒液・消臭除菌液をシュッシュッシュッシュッ、四回雑巾がけして雑巾は捨てました。居間の戸を閉めていたので部屋には入ってきてはいませんでしたが、もし閉めていなかったら……テーブルの上やベッドで猿が寝転んだりしていたかも……そんなことを想像するのはやめましょう、心臓のためにも。

そして翌年正月二日、トイレから出てきた夫は猿と鉢合わせしました。どちらの驚きが大きかったのでしょうか、猿の一家は大慌てで玄関のお飾り餅を持って逃げていきました。もはや猶予はありません。ひと月後、玄関戸を大きな重い扉にしました。猿はドアを手前に引っ張ることはできないようです。でも暫くは土で汚れた手跡が玄関の扉に何度もつけられていました。

猿被害対策を行政は勿論行っております。一つが、猿の追い払い協力員事業です。各地区の三十人ほどが協力員として市から委嘱され、電動エアガンが貸与されます。当地区は二人で、狩猟免許を持っていた人と夫です。余談ですが猟銃の管理・維持はとても厳重で、この免許を持つ人は気が休まらないようです。そしてこんな事も言っておりました。猿を仕留めたら仕留めたで、その手を引いて来るのがなんとも言えない気持ちだと。分かる気がします。

協力員らに市から貸与されるのは、「ロシア連邦保安局対テロ特殊部隊使用モデル・β・SPETSNAZ」という凄い？電動エアガンで、重さが三kg、使う弾はプラスチックのBB弾です。これは土に還る地球に優しい弾です。

六年前には、裏の川沿いの藪を開いて一台の警報機が設置されました。猿の群れの一匹に発信器付きの首輪をつけ、その群れが近づくと電子音のメロディが鳴り響くのです。大方の群れに首輪つきの猿がいるので何時も鳴っていました。がここ二・三年音がしないのです。首輪をつけた猿がいなくなったか、警報機が故障したかどちらかです。ついでですが、この警報機のメロディは二曲あり設置の当初は〝お猿のかごや〟でした。猿が来るたび♪エッサエッサエッサホイサッサオサルノカゴヤダホイサッサ♪のメロディが鳴り響きます。数ヶ月これを聞かされていましたが、どうにも面白くありません。設置した市の担当者に曲を変えてもらい、次は〝赤とんぼ〟です。朝から♪ユウヤケコヤケエノアカトンボーオワレテミタノオワアイツノオヒイカ♪のメロディが流れます。なぜか二曲とも微妙に音程が狂っており、気にすればするほどメロディは流れ続けます。この電子音に猿撃退の効果はこれっぽっちも無いので、故障？したことを私は内心喜んでおります。

市役所へ猿被害の相談に行った友人に、私は「網で捕まえてコテンコテンにしてから放すのは？」と言うと、彼女は「誰が猿をいじめるだぁ？（語尾を上げる）」と。そうですよね、出来るわけありませんよね。私だって当たらないＢＢ弾を撃って、音で嚇しているだけですから。仏壇の前に猿が座っていた。窓の外に吊るす干し柿の一連がするすると上がり、びっくりして外へ出て見たら猿が庇の上で手繰っていた。猿の話は皆さんが尽きず持っていますが、役に立ったという話はひとつもありません。

あれやこれやと手は打ってきたのですが、もう少し効果があるものをということで、新郷農家組合は開拓以来ともいえる一大事業に着手しました。小熊山の麓沿いの裏道に、二ｍ高さの電気柵フェンスを五百ｍに渡り張り巡らせるのです。これは県の鳥獣害対策に則り資材費は補助を受けますが、労力は全て自前です。「新ぶどう米の郷応援団」（葡萄と米作りの新しい郷を作ろうという農家組織）を立ち上げて、その構成員の皆で作業をします。

十月、稲刈りを終えた家から作業に参加します。草刈機や鎌で藪を刈り払い、斧やチェーンソーで雑木やかなり太い木まで倒し、整地します。そして次は２ｍの鉄パイプを

猿がいる整備前の道

フェンス作業中

完成したフェンス

3m間隔で、60㎝の深さに打つのですが、さすがにこれは資材屋さんが重機で差し込んでいきました。このパイプに5×10㎝角の網で幅が1・5mのフェンスを括り付けていくのですが、下を30㎝折り曲げ、1・2mの高さにします。パイプ一本あたり十三箇所を括ります。大変な作業です。さらにその上に被覆してない電線を10㎝間隔で6本を括りながら延々と張ります。全てこの地区の農家の人たちで、出て来られる人が協力し合いました。若い人は仕事に行っているので、作業しているのはほぼ高齢者です。

十一月九日、無事に工事が完了しました。本当に嬉しいです。今後はこの電気柵フェンスの効果を期待したいと思います。

・手を休め思わず見上ぐる小春日の空は子の住む町に続ける

私はこの事業を通して得たことが一つあります。人と人のつながりです。ゆるいゆるい繋がりではありますが、何かあった時は助け合えるという希望の繋がりが持てたことです。

5　門ひとつ外れてしまう

未明に降り始めた雪は朝には三十センチになろうとしています。

この冬は雪は降らない（積もらない）で終わるのではないかと思ってしまうほど雪は降っていませんでした。ふわふわ舞うことはありますよ、そりゃあ雪国ですもの。でも、冬の雪のない生活がこんなに楽だとは！　雪国に暮らす者でなければ到底わからない実感だと思います。本当は十一月末に一度二十センチ位積もったのですがまだ十一月です、暫くすれば全て融けます。それから後延々一月十七日まで雪無しです。このまま冬は終わるものだと頭も体も思い込んでしまい、楽チンな生活にすっかり馴染んでおりました。大きな声では言えませんが、こんなに楽なら地球温暖化もちょっとくらいなら、なんて言葉が頭をよぎったりもしました。が、でも、やはりしっくりこないのです。心の奥では変だ変だ！おかしいおかしい！と不協和音が波打つのです。

・今年雪降らぬわが町に星星は無音の警告　caution　caution……

一月十八日です、あっという間に雪に覆われしかも大雪です。すでにひと月以上ここが雪国であることを忘れて気楽な生活を送っていた身には、なぜか裏切られたという失望感でいっぱいでした。しかしがっくりと肩を落としていたのもたった一日だけです。雪が降れば雪国人に戻ります。郵便・新聞配達、生協のお兄さん、回覧板をもって来てくれるご近所さん、そして自分が出かけるため、世の中と繋がっているための道を開けておかなければと、せっせと雪掻き始めます。

雪降りは一休みした後、二十日には全国的な大荒れとなりここも五十センチほど積もりました。大型除雪機が雪を押したり飛ばしたり一日中動いています。我家も除雪機を使うのですが、一通り掻くのに約二時間かかります。県道へ出るまでの私道を五十メートル、そして離れている車庫まで、灯油配達のタンクローリーのスペースなど開けておかなければなりません。夫は朝から二回除雪しました。夕食後はテレビも見ないでひっくり返りうたた寝をしています。お疲れ様でした。

翌日は県道を八十メートルほど下った畑の脇に設置するゴミ置き場まで、二人スコップ担いで雪掻きに行ってきました。

雪国に雪が降らないということがいかに話題性のあることなのか。二〇〇〇年一月十六日の大糸タイムス（地元新聞、偶々取ってありました）を紹介します。一面の左半分の見出しは〈暖かい日々、二〇〇〇年こんなことは初めて・積雪ゼロ続く大北地方は、この時期としては積雪ゼロの異常な日が続いている〉とあります。ついでに右半分の見出しも紹介します。〈雪の林道を楽しく滑走、大町市で歩くスキー教室〉と。山には雪はあったのですね。今まで根雪のなかった冬なんて経験していないので、この年もちゃんと大町に積もったのですね。

大雪はやはり遠慮したいのですが、降ってしまったものはいくら蹴飛ばしてもこれはもう……です。そこで、大雪を楽しもう！しかも降りたてのふわふわを。

ぼっふぉん、ぼっふぉん、何をしているかお分かりですよね。両手を広げ大の字のまま後ろに倒れます。勿論仰向けですよ。雪が全身をぼっふぉんと包んでくれます。これ意外と勇気が要ります。腰が引けてはいけません。お尻が落ちてから大の字に倒れてはダメ。まぁ二十センチや三十センチ積もったってできませんけれどもね。ここみたいに四十センチも五十センチも積もりませんとね。（悔し紛れの自慢？）

初めてこのぼっふぉんをした時、思いもかけない己が反応に、何だこれは！と驚きました。雪の上に気を失ったように全身の力を抜いて一直線に倒れるのです。その瞬間、笑いの種がはじけました。楽しいとか面白いとかで笑うのではないのです、笑いの種がはじけたのです。再びまっさらな雪の上に大の字で後ろに自由落下で倒れます。とたんにお腹の笑いの種が爆発して笑い出します。起き上がるときには笑いは収まっています。何回も倒れ、何回やっても同じでした。

その後何年もたってからこの大の字倒れをしてみましたが、発作のように笑い出すことはもうありませんでした。雪の硬さを確かめるなど警戒心が出てきたからでしょうか。私の体と心が完全に開放されたと感じたのは、最初のあの時だけです。

雪遊びの代表はスキーです。一番近い所で爺が岳スキー場には車で十分も走れば、もうゲレンデに立っています。天気の日には一人で行き、二〜三本滑って帰ります。子供が小学校に上がるころから滑らなくなり、私のスキー人生はハの字のボーゲンでゆるいカーブを描いて終わりました。滑って転んで泣いて笑って、ああ楽しかったこと！

さてさて、今の冬一番の楽しみはと言うとそれは散歩です。

私の散歩道は裏山に沿う細い道です。一応除雪はされますが、車のすれ違いはできないので、対向車を見つけたら待避所や他家の敷地に車を寄せて譲り合う細い道です。車はまれに通るだけです。

風のないある日、優しい陽を受けながらの散歩は歩くより立ち止まっていることのほうが多いです。山からは何の音も聞こえず静まり返る時があります。雪の原の裸木は立ち空気を震わせる何者も無く、ただ無音の時があります。防音室の耳ふさがれたような無音ではなく、どこまでも開放された無音の世界。静かなのではなくて音が無いのです。無音の音をじっと聴きます。真空の世界のような無音をひたすら聴いています。どれほどの時間聴いていたのか、不意に肺が大きく息を吸い込みました。今まで息していなかったかのように。そしてフーと息を吐いたら再び歩き始めます。

細い川は藪の中を思い通りに曲がりくねり、付かず離れずに道に沿って流れます。流れは今は冬の音を優しく響かせます。耳をそばだててくれた人にだけ聞こえる水音は、聞く端から消えてしまいそうです。また、音も立てずに流れる水は私には聞こえませんが、とろんという音もあるのではないかしら。はじける水音を閉じ込めることができたら素敵ね……手の中のこの小さな球は転がすとせせらぎの音がするのよ……なんてね。

鹿の食害、踏み荒らした跡

繁みに埋まるような細い川です。記憶に無いはずなのに、なぜか昔々に帰るような懐かしい水の記憶をぼんやりと思いながら歩いていました。突然繁みの雪がバサバサッと大きく撥ねて鳥が飛び立ちました。ああ驚いた！お互い脅かしっこなしね。今のは雉だったのかしら？　さあて今日の散歩はここまでにしましょう。

・水苔をなで川底の石さすり冬の流れの細きはやさし

・不意うたれびっくりしたのは私よ枝はね上げて鳥が飛び立つ

一昨年の冬のことです。藪の中に樹皮がか

鹿の食害

じられた細木があちこちにありました。鹿です。鹿が木の皮を食べているのです。人家のぎりぎりまで降りていました。天候のせいか山に食べるものがないようなのです。裏の林にもこっそり来ていたのです。そして細道横切り我家にまでも。

家のすぐ東にある小さな田との境にイチイの木が十本ほど並びますが、北端のは後に植えたので二メートルほどのひょろっとした木です。始めは気が付きませんでしたが木の周りが何だか変なのです。何かが木の下に来て雪を踏み荒らしているのです。大胆にもその面積は徐々に広がっていきます。日を経て「あら、イチイの木が何か変よ」と遅ればせながら気付き、夫と現地調

鹿の足跡

査の結果、ある高さの所まで葉があらかた食べられていました。有ろう事か北端の二本は葉が殆どなくなり、皮もぐるりと剝かれています。鹿の仕業と思いましたがその姿を実際には確認していません。しかしその時は突然にやってきました。

月がそれとなく外を明るくしています。トイレの窓から何時も見えるのはイチイの木の向こうに広がる雪の原です。ちがう！ 外が変だ！ 雪の上に丸い黒い影が！ 大きな影が！ 家も木もその存在をぼんやりさせているだけの月明かりです。黒い影が立体なのか平面なのか目を凝らしても分かりませんでした。いいえ、朧な月明かりのせいにしてはいけないですね。窓から十メートルほど離れた雪原に沈む不気味な黒い影はあまりにも不自然なので脳が混乱したのです。

あれは何だ！　トイレを飛び出し大慌てで分厚いコートを羽織り、防寒長靴履き、懐中電灯（いざという時の目眩まし用）持って外へ出ました。早くしなければと焦り、夫を起そうなんて思いもしませんでした。玄関横は車庫の屋根雪が落ちて五十センチ以上の雪が硬く積もり、その上を素早くと言いたいのですが本当はびくびく歩きました。ギュッ、ザクッ、ギシッ、一歩一歩は何と大きな音を立てるのでしょう。己の雪踏む音にすでに怖気づき、それでもやっとの思いでイチイの木の横に立ち、あの影を見ました。

大きな鹿！　鹿は動かず、私は動けませんでした。どれほどの時を対峙していたのか分かりませんが、鹿は初めから全てを感じ取り、事の終わりまでを見極めようとじっと動かずにいたのです。雪踏む音を聞き、私の心臓の音まで聞いていたに違いありません。鹿は冷静で完全に優位に立っていました。

一瞬、ピィーーッと鋭い鳴き声を発して鹿が先に決着をつけたのです。私は心臓が破裂するかと思うほどのショックでした。夜更けの薄明るい雪の上で、黒い影の中の二つの赤く光る目を見てしまいました。鹿は踵を返し離れて行き、ゆっくりと道を横切り山の暗闇へ入って行ったのです。遠ざかる鋭い鳴き声は鹿の勝鬨です。何回も聞こえ、闇に消えてゆきました。私は『もののけ姫』の世界を覗いてしまったのか、寝付けない夜でした。

・真夜中の月にきらめく雪道は摩訶不思議へのまよい道かも

・雪の夜の赤目の鹿の警戒の甲高き声空気凍らす

十五夜の月に明るむ家々は深々と雪の中に眠ります。真夜中の青白い世界は何かをひっそり隠しているようです。そして私に散歩に出でよと誘うのです。外は散歩をしてもおかしくない明るさですが、もしもこの月夜の道を歩いたら、私、閂ひとつ外れてしまう気がします。

・月の夜の影に惹かれて雪の上歩く女は怪しく妖し

6　ウ・グ・イ・ス・の・ジ・ョ・ナ・サ・ン・

磐石と思われた冬の牙城が消えようとしています。

三月半ばです。雪の残る片隅もありますが福寿草が一輪、全ての雪解けを待ちきれずに咲きました。まだ半分寝ているような庭に茎を低くして咲いています。冷たく吹く風を頭上にやり過ごすかのようです。

冬への対決姿勢に固まっていた私の心は、福寿草一輪にゆるゆるとほどけていきます。春、真っ先に目にするこの花の色が黄色でよかった。黄色が人の心に及ぼす効果というのはどんなことがあるのでしょう。穏やかにそして少し暖かそうに降りそそぐ春の光ですが、黄色の花の返す光には力を感じます。春の最初の色、黄の次はどんな色が来るのかしら。冬の間に白く塗られたキャンバスが彩られてゆきます。

ところがです！　春ですって？　桜の開花宣言ですって？　この空のどこを北上しているの？

風花が舞っています、ではなくて、無茶苦茶に舞い荒れてます。めったにないホワイト・アウトです。「ねえねえ、NHKの紅白の北島三郎の風雪流れ旅だ！」と、夫と感動して眺める紙吹雪のような風花は、横殴りの東の風に狂ったように飛んでいます。一時間もなかったでしょう、嘘のように風花はどこかへ行ってしまいました。暫くしてご近所さんと「凄い吹雪だったね。」と話題になりました。

・春は来る　ゆえに待たれよ　風花の冬には冬のけりのつけかた

四月に入り、ウグイスが鳴いているのに気がつきますが、いつから鳴き始めたか定かではありません。春告鳥、耳に聞く春です。今年の初聞きは左の耳からでした。三十年よりもう少し前、傘木さん（木崎湖で民宿していました）に教えてもらったことがあります。ウグイスの声を最初に聞くのが右耳なら何とかで、左耳で聞くなら何とかだと。昔々のことなので、その肝心の何とかを忘れてしまいました。もやもやとじれったい気分です。

ウグイスは近くまで来て、あちらこちらに聞こえます。適当に鳴いている鳥も結構います。ホーで止めたり、ケキョケキョだけだったり、私ムズムズしてきます。

五月一日のことです。家のすぐ東のイチイの木に止まっているらしいウグイスの鳴き声が、とても良く響いて家の中に聞こえてきました。カメラを持ち直ちに出動です。確かにイチイの木にはいるようですが姿は探せません。でもこれほどに美しい鳴き声は初めてです。今まで聞いたことありません。オペラのテノール歌手のようです。腹の底から声を出し胸で共鳴させて歌うように鳴いています。他のウグイスは口先で(失礼があったらご免なさい）取り敢えずホーホケキョと軽く鳴いているとさえ思うほど、この鳥は違いました。深く胸で音を増幅させ、歌手のように歌ってます。鳴き始めのホーからすでに響いてきて聞く人をぐっと引き寄せ、ホケキョをゆったり鳴くのです。私が惚れ惚れと聞いているのを察したのか、暫く鳴いていてくれました。

ウグイスのジョナサン！　ウグイスのジョナサンだ！　私は密かにウグイスにもジョナサンがいると確信しました。（誰にも迷惑はかけませんでしょ？）飛ぶことに崇高なまでにこだわったあの偉大なかもめのジョナサンと同じように、他のどのウグイスよりも美しく鳴いている鳥が今ここにいます。ホーホケキョ　ホーホケキョと。そして飛び立っていきました。またいつか鳴き声が聞けますように。

今年の山の芽吹きは平年よりいくらか早かったようです。木々が淡い小さな芽を出し、次第にその葉が力強くなっていく様を見ていられるのは二週間くらい、いやもう少しあるでしょうか。毎年毎年、芽吹きの変化を飽きることなく楽しんでおります。この脈打つような変化をもたらすには相当なエネルギーが要りようと思うのですが。春になり木が水を吸い上げ始めるのは葉が水分を蒸発するからと、樹木を学んだ子に教わりました。芽吹きにも水を吸い上げるのにもエネルギーというか生命力というのが豊かでなければならないと思います。

以前ある人に教えられたことがあります。木の芽時に人がしばしば心のバランスを崩し不調に陥りやすい、その理由を。山の木々は地の気を吸って芽吹き始めるのだが、地の気が足りないときは人の気も吸うと。ううむ、本当かしら？　確かに春はうきうきと気もそぞろになるので、気を引き締め、気をしっかりと保ち、気をつけて春を楽しみましょうと思う今日このごろでございます。

ついでなのですが、ＮＨＫ『ブラタモリ』の京都嵐山を訪れた回で、なぜ嵐山は美しいのかという問いに、一つには山の傾斜角度が必要であると答えていました。丘のような山では木々が重なってしまうのに対して、山に十分な傾斜があると樹の一本一本が全て見て取れます。芽吹きも紅葉も一本ずつ見えるから、だから嵐山は美しいのだと。なあるほど！　山を見て感動するのにもそれなりの理屈があって、角度が感動なのだと私もガッテンしました。そして大町を囲む山々はとても急峻です。

さて、山の芽吹きが一段落し田に水を引くころになると、白い花をつけた木が山に点在します。私はいつもカリフラワーを連想します。夫は「コブシに似ているけどコブシではない、タムシバと言うんだ」と教えてくれました。えっ田虫？　虫歯？　「それって正式名？」この地だけに通用する名前と思ったのですが、正式名で辞書に出ていました。〈モクレン科の小高木。春、コブシに似た六弁の白花をつける〉そしてその花の咲き具合で、その年がどうとかこうとかを占うのだと教えてくれましたが、彼はその肝心な所を忘れております。

ウグイスの初聞きといいタムシバの占いといい、聞いた本人の記憶が薄れていくのは仕方ありません。しかしもう少し大きく捉えるなら、地域に伝承されてきた事が少しずつ失われてきているという事なのでしょうか。役には立たないかもしれないけれど、面白いこと、日常をちょっと潤してくれるものが忘れられていくのは少し寂しい気がします。

東の田んぼのことを前にもお話しましたが、最後に作り終えた田で、夫が大学一年の時だったそうです。二十年以上かけて荒地を開墾し田を作っていった苦労を、亡き義母はまったくと言っていいほど話しませんでしたが、くの字に曲がった手の指に彼女の苦労を僅かに偲ぶ事ができました。嫁いで程ないころ私は雑炊を作ったことがあります。義母は少し食べただけで、どうしたのかと聞いてみると、「白いご飯を食べたくて米を作ってきたから、これはいらない」と言いました。私は胸突かれる思いでした。

東の田んぼで何年米が作られたのか、その後の国の減反政策に従い作付けできず、私がここへきた当初はそば畑になっていました。ここを再び田に戻すと決めた夫は崩れた畦を補修し、水路を作り直しなんとか田に戻すことができました。平成二十二年の春です、水の張られた田にもちの苗・フクシマモチが植えられました。

・軽軽とペダルこぎゆく風の中　田の面の揺れは心を揺らす

東の田を渡る風は家うちに涼やかに吹き込みます。この田んぼのもたらした効果はひんやりした風だけではありません。楽しい仕掛けが廊下とトイレの壁に現われます。

朝、小窓を開けると差し込む光が、イチイの葉陰を壁に映し出します。窓枠の影の中に葉の影がさやさやと揺れています。そしてその上方にもう一つ窓枠の影ができています。上の枠の中は何やらがゆらゆらしています。水面に反射する朝の光のゆらぎが映っているのです。一つの窓に射す二種類の光、直射光と水面の反射光が二つの影を映し出しています。イチイの葉が風に揺れ、田んぼの水面が小さく波立っています。上下二つの揺れる影に私の手の影絵を重ねます。分単位で影の窓は上下に離れていきます。当然のことなのですが。一つの窓が二つの影を作る偶然を束の間楽しみます。朝のひと時と、稲が伸び水面が隠れるまでの暫くの間です。

一昨年のことです。影絵を楽しむ余裕など持てぬほど防災無線は春も早くから、日に幾度も不穏な放送を流しておりました。熊目撃情報のお知らせです。神出鬼没の熊は、河川敷や公園、小学校近くなどいたる所に顔を出しました。我が家の裏道も勿論のことで、私はベアーロードと名づけました。

毎年十月に大町アルプスマラソン大会が開催され、日本陸連公認コースで全国からランナーが集いますが、この年は熊に警戒しながらの大会でした。熊よけの鈴を渡された

二つの影

直射光と反射光

走者らはシャンシャンシャンシャン鈴を鳴らして走り過ぎて行き、鈴の音は風に乗り村々を巡る一筋の帯のように思えました。飛入り参加の熊もおらず忘れられない大会になりました。
さて、モチを植えている東の田の出来事です。稲穂が次第に伸びるにつれて熊の出現頻度が高まり、田んぼが荒らされ始めました。熊の仕業と分かる証拠の足跡が田んぼから出て道についてます。よろつき歩く大きな足跡の横に小さな跡が転々と道際に続きます。子を庇うように

熊

檻

歩く親、顔を寄せあう二頭の熊の様子が目に見えるようです。稲穂がどんどん食べられていきますが、熊は手で穂を扱くのかしら、それとも穂を口に頬張り歯でグググッと扱くのかしら、見てみたいものです。穂を扱いたら稲を座布団のようにお尻の下に敷きます。大きなフンも残しますが殆ど籾殻団子で、いくらか消化しているのですかね。市の担当者、新聞記者も来ましたが、だからと言ってどうすることもできません。

しかし、あまりに頻繁に熊が来るのでついに檻が設置されました。物置の横です！私は触れるさえ怖く、熊が入ったらどうしようと毎日そればかり心配していました。もしも檻に掛かったら熊は怒り狂い一晩中檻を揺さぶり、唸り声を上げるでしょう。ああ、どうしましょう。ふた月以上置かれましたが、檻は開いたまま他へ持っていかれました。やれやれですが、この年取れたもち米は白米にして僅か十五キロでした。

こんな年もありますよね。

2017

7 『風』の人、『土』の人

朝早いうちに出掛けた夫が今やっと帰って来ました。

往復ゆうに二時間以上かけて松本空港近くの工業団地内にある宅配会社からダンボール箱を受け取って来たのです。県道を折れ、田に挟まれた道を入ってきた車は道の中ほどに止まります。突当りが我が家です。

道の脇には天井だけビニールを張ったハウスがあり、そこには暖房・水・餌の準備が調っている育すう箱がありいつでも入居ＯＫです。

車からリンゴ箱ほどの大きさの箱を夫が降ろしています。さあ、私も行ってご対面してきましょう。これからここで生きていく合鴨の雛ピィちゃん一羽一羽に挨拶をしましょう。

春、始動。

毎年のことなのですが、自分が育てることになる動物と対面するとき、背負う負担や時間の自由度がなくなることの精神的な辛さなど、不安のほうが大きいです。何しろ百数十羽の合鴨を飼うのですから。

時々思うことがあります。何で合鴨を飼う農業になったのだろうと。切っ掛けがあったからこうなったのですが、だからと言って、無農薬の合鴨農法の米作りですよ。近所の農家の話題になったことでしょう、いったい何を始めるつもりなんだと。

農薬や化学肥料を使わずに作る米作りは昔のことは知りませんが、今ではやはり少数者の方法であると思います。私は農業を研究しようと言う気を起こしたのでも、特別な信仰上のこだわりとか価値観とかを根本に置いているのでもありません。ましてや、この農法を極めようと思ってやっているのでは勿論ありません。ああ、ああ、何で合鴨農法なんか始めちゃったんだろう。この口振り、言い様には後悔の色が微かに透けて見えますよね。こんなに大変だとは思ってても見なかった。これが本音です。

かれこれ十数年前のこと、長男が大学進学でこの地を離れることがそもそもの始まりです。家を出るとき、正に玄関を出て「じゃあね」と言ったあと彼は私に言いました。「お母さん、家の米は送らなくていいよ。ネットで無農薬の合鴨米を買うから」私は咄嗟には何も言えず「分かった」と言っただけでした。

送られてきた雛

地面で遊ぶ雛

初めての放鳥

無農薬の米が食べたい！なんて、慣行農業の家の息子は言えっこないです！　農薬を使っている農業から全く使わない農業なんて不可能です。今までのやり方を変えることなど、余程のことがない限りゆめゆめ思うことすらないでしょう。

ああ、この子は今まで口に出さなかったけど、本当は無農薬の米が食べたかったのだ。

アレルギーで長年辛い思いをしてきた彼は、出来ることなら無農薬の米を食べたかったのです。我が家はこれでも今まで出来るだけ減農薬に努めてきました。雑草だらけになったり、虫がつき稲の葉は見事に白くなったりしてきました。でも、彼が欲しかったのはこの米ではなかったのです。

彼の思いを知ったとき、何とも言えないひと滴の悲しみが心にぽたんと落ちました。子に乳を含ませ育ててきた母性の悲しみです。子が食べて満足する子を見ることが喜びであるのが母性でもあると思います。

子の発した一言で、心に深く沈んでいった悲しみの滴は私にとんでもないことを言わせたのです。「お父さん、うちも合鴨農法やろう」と。むくむくむくむく膨らむ思いが消せなくなった？　そんなことはありません。一大決心した？　そんなこともありません。合鴨農法で米を作ろう、やってみようと心がグルンと回転しただけ。清水の舞台も要りませんし、高跳のように高いバーをえいやっ！と飛び越えるようなものでもありません。事前に参考

稲刈り

書?を読みどんな農法かイメージトレーニングして決めた訳でもありません。

ただ、「うちの米はいらない」という子の一言で心が動いた、それだけのことでした。でも、もう一つ心が動いた理由があります。米農家としての親のプライドです。地域に米農家の知り合いは何軒もありますが、皆さん黙っているけれどもおらほの米（うちの米）が一番美味いと密かに思っているはずです。絶対思っています。私だってそうです。春早くから準備して、夏、秋と手を掛け作った米を一番に食べてもらいたいのは家族です。炊き立てのご飯を「うまいっ！」と頬張る子供を見るとき、そうでしょう、そうでしょうと自慢したいくらい嬉しくなります。

どうあっても、他の人が作った米を子に食べさせる訳にはいきません。母性と意地で始めた合鴨農法です。新しいことを始めるのに、出来るのかしらなどと心配は余りありませんでした。何とかなるわ、大丈夫、夫がいるから……　もう一つ気楽な理由は、前年から山本さんという稲尾地区に住む人が、我が家を下った所の田を借りて合鴨農法を始めていました。この人を先生にしよう！

我が家が合鴨農法を始める前年、学校帰りの次男（高校二年生）はこの田を見るのが楽しみで、ガーコ！と大声出して呼び寄せようとしていました。ガーガー鳴くのでガーコと呼んだのでしょう。我が家の合鴨も声変わりしてガーガー鳴き始めると、ピィちゃんからガーコと呼び方が変わります。野外保育の子供たちが五、六人でしたかよく見に来ており、私のことをガーコママと呼んでいました。そして我が家の米をガーコ米と名付け商標登録しました。豊かな自然とガーコの恵みで作ったお米です。

ところで、合鴨の雛のことですが雛は千葉県の椎名人工孵化場に出荷日を指定して依頼します。孵化場で鴨と家鴨をかけ合わせ、その卵を孵化させたものが合鴨の雛です。出荷の当日または前日に生まれたばかりの雛が専用の浅いダンボール箱（側面に空気穴、中は四つに仕切られる）に、四十羽から五十羽ほどがすし詰めになって送られてきます。えっ！と驚かれました？　そうなんです。生まれたばかりの雛がトラックに載せられ一晩かけて千葉県から信州へ、飲まず食わずではるばるやって来るのです。

あらあら、急がなくちゃ急がなく

疲れを癒す雛

ちゃ、長旅で疲れている雛を早く箱から出してあげましょう。雛の入っている箱の蓋を取るや、ハウスの中は鳴き声にあふれます。ハウスがドッキンドッキンと鼓動を始めるような気がします。私の鼓動もハウスの中で踊っているのかも知れません。

ピィピィピィ、ピィピィピィピィ箱の中の全員が言っています。「早く出して！水を頂戴！くたびれた！死にそうよ！早くしてよ！」とね。その中の一羽をふわっと掴んで、左手に持つお椀の砂糖水に口ばしを入れます。水を含むと口ばしを上にして飲み込みます。ああ良かった。さらに二口、三口飲ませたら次の雛です。一羽一羽にピィちゃんピィちゃんと声をかけながら砂糖水を飲ませます。水の飲み方が分からない？雛も稀にいますが、何回も口ばしを水につけるとやっと口を上に向けククッと飲みます。

砂糖水を飲ませた雛は育すう箱の中に放しますが、数年前からこの砂糖水を止めました。

羽数も多くなり時間が掛かることから、雛たちはすぐに育すう箱に移すことにしました。喉が渇いていれば目の前の水をすぐに飲んでいます。砂糖水にはそれはそれで意味はありますが、まだかまだかと順番待っているより、早く水を飲みたいですものね。

育すう箱に放された雛はそれはそれは元気です。黄色の毛糸玉がタタタタタタッ、タタタタタッと走り回ります。いいえ、毛玉が無秩序に勢いよくころがり回っています。新居の広さは合板三枚をたてにつなげた広さです。突然広い所に身を置いた雛たちは、何がなんだか分からずにタタタタタッーと右往左往しています。小さな足は高速回転です。よくテレビアニメにありますよね、足が回転して猛スピードで走るのを。私には雛の足が何本もあるように見えます。躓いたり転げたりする雛も時にはいるとお思いでしょう？　毎年期待して（すみません）見ているのですが、こける雛は今まで一羽もおりません。

眠たくて眠たくて、立ったまま頭をガクッガクッとしているピィちゃんが目蓋を無理矢理開けますが、一秒持ちません。分かるよピィちゃん、私にもあったよ。授業中の睡魔、電車の吊革に摑まりながらの居眠り（昔　む・か・し）……　ふと我に返ったピィちゃんはトトトトッと歩き出し群れに紛れました。

寝ています

体を横向きにして足を投げ出して寝ている雛がいます。箱の真ん中にまるで行き倒れのようです。鳥の正しい寝る姿勢（あるならば）を知らないのか、とにかくバタンキューです。所嫌わず横になったものだから、他の雛が高速でその上を走り抜けます。踏まれた雛はウン?と頭をもたげ目を半開きにしますが、再びコトンと寝てしまいます。何度も踏みつけられてようやく安眠できないと知った雛は起き上がり、仲間たちが体を寄せ合いひと塊になって眠っているのを見つけ、黄色の毛布のようなふわふわの中へ潜り込んでいきました。

一頻りの興奮は一時間くらいでしょうか、充分に吸水して落ち着いた雛たちは仲間の温もりの中へ入っていきます。横向きに足投げ出して居眠りする雛は、この日しか見ること出来ません。そして毎年いる訳でもありません。念のため。

一年目（２００５年、春）の合鴨農法のお話しをしましょう。この年から十年以上続

水田の雛

水田の若鳥

けてきました。次第に自分たちの飼育技術も向上してきたつもりですが、毎年新しい失敗をし翌年の課題とすることばかりです。山本さん、そして彼が師とする村山さん（もう一歩先に始めています）に教えを請い、九州の古野隆雄氏（先駆者で研究心に溢れ、家族で農業に取り組む）の本を片手に始めました。しかし一年目は目の前の雛の様子がおかしいということすら分からなかったのです。

田植えの時期は大町はまだまだ寒いです。来たばかりの雛のために庭に箱のような小屋を作り、寒さ対策に電気コタツを屋根にしました。シートをかけ、これで雛たちは暖かくいられるでしょうと思いきや、暖かすぎて何羽かの雛はぐったりとして早々に可哀相なことをしてしまいました。ハウスに育すう箱が出来るまで庭の小屋のコタツは電球に替え、夜は何度も様子を見に行きました。

日に日に雛は大きくなります。ピィちゃんピィちゃんと声をかけ餌を手に載せて出すと、寄ってきて啄ばんでいきます。そのくすぐったいこと。餌が無くとも手を出せばつんつん突付いて、こんなにも懐くのかと私は有頂天になりついに合鴨を引き連れ歩くことまで夢見ました。

田んぼの設備のことですが、田植えを終えた後周囲に電線を五本、グルグルグルグル張り回らし蓄電池を繋ぎます。合鴨が逃げないためと外敵を入れないためですが、触れるとどうなるかと言うと静電気の強いのがバチン！とくる感じです。今は全部ネットを使い田んぼごとに小屋を置いてますが、この時はコンテナに雛を入れハウスと田んぼの間を朝夕運びました。

眠たいよ

さて、田植え後何日くらいで合鴨を田に放したのか記憶も無いのですが、雛は充分に育っていたと思います。毎日元気に泳いで、虫もひょいっと捕まえ食べています。ご近所さんも「山本さんの合鴨は休んでばかりいるが、塚田さんのはよく働くね」と感心していましたが、実はこれが大問題だったのです。

夕方といっても日はまだ充分高いです。田んぼにじっと動かずにいる合鴨が出始めました。手に取った雛は氷のように冷たくなっており、すぐに洗面器のお湯に浸してあげます。お風呂ですね。そしてかなり時間が経ったころやっと小さな声でピィと鳴きます。それからタオルにくるみドライヤーで乾かしますが、遠火で強火の風を当てて、頭までぴったりと濡れた羽毛をふわふわにするのはとても時間がかかります。この夜は家に入れ別管理です。ダンボールにタオルを敷き水と餌を置き、パネルヒーターで寒くないようにしてあげます。一羽も三羽も甦生する時は(次男も手伝う)夜八時をまわっています。

やがて死んでしまう雛が出てきました。もう雛とは言わないのでしょうがピィと鳴くのでまだピィちゃんです。私たちは松本にある県の家畜保健衛生所（通称　家保・かほ）に連絡を取り、原因を調べてもらうことにしました。雛を二羽、死んでしまったのと虫の息の雛を車に載せて私は松本へ向かいます。

車の中で弱っている雛はそれでも小さく鳴きます。「ピィピィ」「なあにピィちゃん、いるわよ」　安心したのか雛は鳴きません。あまりに静かなので今度は私が心配になり「ピィちゃん、ピィちゃん」と呼ぶとすぐに「ピィ、ピィ」雛が返事します。沈黙が続くとまた雛が鳴き私が返事します。家保に着くまで何回繰り返したことでしょう。このまま引き返そうと何度思ったことか。でも家畜保健衛生所に到着してしまいました。私は、ダンボールの中の合鴨の頭を何も言わず撫でてあげただけで、逃げるように車に乗り込みました。帰り道、信号で止まると横断歩道でピヨピヨピヨと信号が鳴っています。それは、別れてきたばかりの雛の鳴き声のようでした。「あっ、ピィちゃんが鳴いている、ピィちゃんが鳴いている」車の中で私の涙は止まりませんでした。

何故、雛たちは死んでいったのか、調べてもらった結果に驚きました。雛は痩せこけていたのです。田んぼに休む場所が充分になかったのです。だから雛は田んぼを一日中泳いでいたのです。過労死……これが私たちの合鴨農法の始まりでした。

さて、それからのピィちゃんガーコのことをお話しする前に、合鴨農法を教えてくれた山本さんと村山さんのことをお話ししたいです。二人とも他県から大町に来て家族を作り地元で農業をしながら働いています。夫は言います。風土というのは他所から来た

『風』の人と、地域に元から住んでいる『土』の人が共に作るのが『風土』なのだと。そしたら私も『風』の人。そして風の記憶は消えません……

山本さんが言っておりました。「合鴨農法始めた時はよそ者が変わったことを始めたという目で見られたが、塚田さんがやり始めてからは、見る目が変わった」と。『風』と『土』が融合して風土となるには長い年月、多分幾世代もかかるのかも知れません。ここに暮らして思います。『風』の人と『土』の人の作り出す暮らしはとても豊かです。

『風』は、ここで生きるという『土』の揺るぎない安定を知り、『土』は『風』の縛られない心、囚われない心に憧れることがあるのではないかしら。『土』を理想とするなら『土』になればよい。『風』に憧れるなら勇気をもって『風』になればよい。

・農薬に頼らず作る米がある　両の手は知る合鴨の鼓動

8　ガーコちゃんおいで、こっちよ

暑い日が続くある朝のことです。夫が大声で「赤くなったミニトマトが全部とられました」「エエッー！　だってあんなに頑丈にやったのに？」　それは二ｍほどの高さのパイプを組み、ネットで上から下までぐるぐる巻きにした一坪ほどの家庭菜園のことです。

庭の東の雑草地に作られ、人はどこから入るのかと一回りしてしまうほどの出来ばえです。植えてあるのはミニトマト（アイコ）・ピーマン・なす・万願寺（辛くないこしょう）・食用ほおずき各一本ずつです。ミニトマトは五・六粒食べたかしら。いやいやそんなことより猿の侵入口はどこかということです。地面に十五㎝ほどの

家庭菜園

フックを何本も刺し込みネットを固定するのですが、その裾の僅かな隙間を持ち上げ子猿が入っていたのです。私は「人も猿も入れないくらいぐるぐる巻きにしましょう」と言うものの、食用ほおずきだけは食べたいです。

ついでですが、すぐ横のブルーベリーの木にもネットをかけてありますが、夫が作業をしたのでいろいろ言うと気の毒で言えませんが、これは失敗だと内心思っていました。だって木とネットの間にゆとりが無く、中に入ると捕らわれの身のようです。大猿が飛び乗り揺すればネットはよれよれに崩れ、その上からブルーベリーは好きなように取られていきます。仕方ないから人もネットの上から摘みます。

さて、裏では近所の宮田さんと夫が電動ガンとロケット花火を打ちまくっています。息子はちょこっと参加したあと出掛けてしまいました。

猿

屋根を走り回る猿が物置小屋に飛び移った瞬間、

「こらあっー！」と台所の窓から大声で私は脅しますが、猿はフンと鼻で笑うような一瞥を投げ行ってしまいました。静かになったそのとき、バババババッンと爆竹が炸裂し「おおおっーー」とこれは家の中にいる私に効果がありました。

猿をひとまず裏山に追いやったあと、「どうしたものか……」と繰言を三人は庭でしていています。しかしそこで出るのは九州北部豪雨や地震の被害のことで、それを思えば「なんたらず、これしきのこと」（大騒ぎするな、これくらいのこと）で話が終わります。帰り際、宮田さんに「さっきインゲンに登っていたよ」と言われ、夫は道を隔てた畑に直行です。

ここで疑問を抱かれたかと思います。確か一昨年の秋、地区の農家の皆が協力して動物除けの電気柵を立てたではないですかと。そのとおりです。しかも去年は東に一ｋｍを三地区が合同で柵を延長しましたが、西へは我が家の裏で途切れたままです。ですから西の山から下りてきた猿は今までどおり自由奔放やりたい放題です。

地区にはそれぞれの事情があり、たとえ資金の目処が付いても工事に着手できないこともあります。裏のフェンスの続きをなんとか設置することができたらと願っております。

猿のこともう少しお話しします。大町市には猿追い払い協力員という市から委嘱された人が三十名弱おり、宮田さんと夫もその役を受けております。毎年市役所に全員を集め説明会があり、今年は四月十九日に『大町市の猿の生息状況と被害防止対策について』と題し、信州大学農学部教授・泉山茂之先生の講義がありました。

大町にはおよそ十五群の猿が生息し、それぞれに主な行動範囲の地名を名付け識別しています。当地区は篭川下群の勢力下にあるようです。各群には一頭ずつ周波数の異なる発信機が装着され（電池の寿命は二〜三年）、受信機を預かる人は日に三回程度電源を入れ反応を調べます。実施方法には「高いレベルで反応がある時は、非常に近い範囲に猿がいると思われるため、早急な追い払い作業が必要」と書かれています。

私は以前にこの受信機を預かったことがあり、日に三度スイッチを入れました（初めのころですが……）。反応があったり無かったり、たとえ反応があっても一人で何が出来ましょう。一年でこれを返しました。熱心には活用しなかったということです。

群は五十匹前後で、雌と子供で主に集団を作り雄は五歳くらいに群から出るそうです。

群を効果的に追い払うには、前線に出てくる雄を先ず集落に入れないこと、と先生は言われましたが、家にいては先頭に来る猿に気づけません。大勢ドヤドヤ来て初めてその存在を知ります。

またこうも言われてました。人間が追い払うのであって決してエアガンや花火ではない、二歩も三歩も深追いしなければならないと。つまり人間の側の気迫を猿に見せ付けねばならないのですが、川に入り雑木林の中を深追いするのは土台無理です。派手に音を鳴らし猿がちょっと後退したら、やれやれ、と言いながら私は家に引っ込んでしまいます。

駆除、つまり個体数調整のことについては、駆除は市の許可数の三分の一にも達していません。全国の駆除数についても詳細は省きます。たったと思うかそんなにと思うか、考えてしまいます。

最後に先生は言いました。「山ろくの背後、鹿島川、高瀬川の源流に猿群がおり、今出てきている群の勢力が衰えたり駆除したりしても、奥山からまた次の猿が出てきます。やれる対策をやるしかありません」と。私は腕組むより他ありません。

猿追い払い協力員はその実施報告書を提出します。月日・発見場所・その地図上の番号・目撃頭数・被害状況を記入するのですが、私が手こずったのは目撃頭数です。例えば、庭を横切る猿に気付き外へ出たらちらほら庭にいて、家の裏にも隠れました。雑木林の草むらにも木の上にも、お隣の畑にもいるようです。これを見て全部で何頭いましたって書けますか？　報告書の作成を放棄し、夫に渡しました。

合鴨農法を始めた年のこと、続きをお話ししましょう。田植え後の苗がしっかり根付いたころ合鴨を田に放しましたが、日がたつにつれ合鴨が弱っていきました。畦の内側に電柵を張り、つまり柔らかい泥の中に支柱を立てて田をぐるり取り巻いたので、畦に上がって休むことが出来ず合鴨は体力を失っていったのです。

そしてもう一つ合鴨が弱っていく原因がありました。餌です。合鴨は田んぼに居さえすれば生きていけると私たちは思っていましたが、田の中の草や虫だけではやがて食べつくしてしまいます。合鴨は優雅に泳いでいるのではないのです。懸命に生きているのです。それに気づき休む場所と餌をやるようにしたことで、その後の合鴨は問題なく育っていきました。

余談ですが、合鴨にも田の草の好き嫌いがあり、残る草があります。そしてあろうことか稲の葉を食べ始めます。すぃぃぃすぃぃぃと泳ぎながらヒョイッと葉をくわえピッと引きちぎります。私がいくらダメよ！と言っても聞き？効きません。ピッピッと葉が食われていくのを手をこまねいて見ていると、遠からず稲の上部は全面それはきれいに刈られます。通りがかりの人は呆れて見ていることでしょう。

さてこの初年度のこと、どの田を使ったのか、何羽くらいから始めたのか、いつ頃まで飼っていたのかなど殆ど記憶に無いのです。目の前のことに夢中で、合鴨の世話に明け暮れていました。でも本当はね、この苦労を帳消しにしても良いくらいの喜び楽しみを味わいました。

合鴨を連れている写真です。これは遊んでいるのではありません。下の田に移るため大移動しているところです。三十羽余りの合鴨を連れて公道を歩くのです。ほんの数十mとはいえ、車が来たらどうしよう、付いてこなかったらどうしようと迷いましたが、ケージに合鴨を入れ何回も運ぶのも大変です。よし！一度で済む大移動にしよう！毎夕方各小屋まで私の後を付いて畦を歩いているのだから大丈夫！意を決し、合鴨を田んぼから道に出しました。「なあに、なあに、どうしたの？」とガーガー鳴く合鴨たちに、「ガーコちゃんおいで、こっちよ」と私が歩き始めると、タッタカ、タッタカ、タッタカ、

大移動

ハウスから田へ全員移動

タッタカ、合鴨たちの足音が私の後ろで道に響きます。三十羽余りの鳥がですよ、私の後を付いて歩くのです。動物を調教したという満足感ではありません。言葉の通じぬ合鴨と仲間になれた一体感のようなものを味わったひと時でした。私はどんな得意顔していたのかしら、有頂天でした。

そこへ運悪く車が来ました。夫が手を上げ止まってもらうまでもなく、大分手前で停車して待っています。そして多分、多分ですよ「良いところに出くわした」とばかりニコニコしながら合鴨が田に入るのを見たあと去っていきました。

楽しかったことのもう一つは、飼い犬のシュッピと合鴨のピィちゃんたちが仲良くなったことです。異種の動物が友達のようにしているのをテレビで見て、私は閃いたのです。今なら合鴨と犬を仲良くさせられるかもと。合鴨が生まれて間もない正真の雛のうち、体験学習しない、怖いものも何も知らないうち、恐怖心・警戒心が育つ前、雛が好奇心旺盛なうち、今しかチャンスは無い！　今でしょ！

飼い犬のシュッピ（シュッにアクセントを置き、出費ではありません）の首を抱え込み、その鼻先にむんずと掴んだ雛を近づけました。「パクッとしたらダメよ！」とぎりぎりまで近づけます。この雛には本当に恐ろしい体験をさせてしまいましたが、お蔭で

シュッピと雛

仲良し

シュッピは雛に慣れ噛み付かないことも分かりました。

「ピィちゃんの所に遊びに行くわよ」と言うと、それは嬉しそうに私を引っ張りハウスへ走ります。育すう箱の雛たちは犬が頭を入れると一瞬さぁっーと逃げますが、すぐ近寄り犬の鼻先を皆で突付いてきます。くすぐったいのかグフッと鼻息を荒くすると吹き飛ばされたように雛は散りますが、すぐに犬の鼻先に集まります。リードは緩いので上半身を乗り出し右、左に雛たちを嗅ぎまわります。

五分もいるでしょうか、犬は育すう箱から体を引き、ハウスから出て行きます。「シュッピちゃん、もうちょっと遊んでいきましょうよ」と誘いますがもうダメです。興味を示しません。ほぼ毎日短時間ですがシュッピは合鴨の家庭訪問を続けました。

合鴨の生活の場が田んぼに移動したときから、この楽しいひと時はなくなりました。面会を続けさせる余裕がなかったのです。でも、でも、もしもですよ、合鴨が成長してゆくその姿・形・声が変わる様を犬は鼻先にずっと見ていたなら、シュッピは大きくなった合鴨たちと散歩できたかしら。シュッピに体験させてあげれば良かったな。シュッピはとうにおりません。

秋も終わり、合鴨は皆出家しました。

収穫祝いに家族も含め十人ほどかしら、山本さんの家に集まりました。座卓には幾皿も鴨料理が並びます。山本さんは捌くことができます。皿の上の肉を指し「これは?」と聞くと、「手羽です」と山本さん。手羽……不意に涙が溢れてきました。思ってもみないことでした。山本さんが「それでは皆で手を合わせましょう」と、皆で合鴨に感謝した後、田んぼで生きてきた合鴨を頂きました。美味しく頂きました。

　翌年の春、次男が進学のためここ大町を離れます。彼も家を出るとき言いました。「お父さん合鴨はこれ以上増やした

合鴨肉

らダメだよ、お母さん死んじゃうからね」と。彼の進言は夫には全く届かずじわじわと合鴨は増え、二〇一一年には全部の田が合鴨農法になりました。

五月、水の張られた田んぼが並び、雪を頂く遠くのアルプスの山並みが小さな田に映ります。青い空も曇りの空も水の中にあります。逆さになり水面を走る車を見てラッキーと喜び、水に映る景色にときめきます。これって、昔々恋に恋していたのと同じような、自分の心に映った恋に酔っていたのと似ているような気がするのですが……

見る人の視線が水に向けられているから、反射した視線の先の景色が水に映るのですよね。見る人がいなかったら田んぼの水は何を映して

水に映る中央の山は蓮華岳

学校田

いるのでしょうか。あらっ、私何だか理屈に合わない変なこと言っていますかね。

合鴨農法二年目のことです。息子たちの母校の市立大町北小学校（以下、北小）から合鴨農法をやりたいから協力して欲しいと依頼があり、私たちも初心者ですが協力することになりました。北小では毎年五年生が学校田（近くの農家から借りる）で稲作の体験学習をします。詳しいことの記憶は殆どありませんが、子供たちは合鴨を雛のうちから一所懸命育てたことだけは確かです。保温が必要な期間は一羽づつ家に持ち帰っていました。一緒に登下校したのでしょうか。分かりません。夏休みは当番を決め世話をして、さしたる問題もなく稲穂が出るころ田から合鴨を引き上げ学校の池（流れのある小さな池）で飼いました。子供たちは実に甲斐甲斐しく世話をしました。

何羽のも合鴨を学校の小さな池でいつまでも飼うことはやはり無理です。どうしたら良いか子供たちは話し合い、合鴨を引き取ってくれる人を探すことになりました。市内の大きな店舗などあちらこちらにチラシを貼りました。しかしなかなか飼ってくれる人は見つからず、考えあぐねた末、合鴨農法をやっている農家の人の気持ちを聞きたいと話を頼まれ、私が出掛けていきました。

五年生の子供たちと大勢見えた父兄に、合鴨農法を始めたきっかけである長男のことから話し始めました。飼い方が未熟なため何羽もの合鴨を死なせてしまったこと。松本の家畜保健衛生所に二羽運んだ時の、私と合鴨のやりとりのこと（目頭押さえる大人がいました）。飼い犬と合鴨のことなども。そして農家としては何十羽も飼い続けることは出来ないことを、私はゆっくりゆっくり話しました。最後に農家の仲間たちと合鴨の肉を頂いた去年のことを伝えて話を終えました。

後日、子供たちの出した結論は合鴨を肉として頂くということでした。合鴨に感謝し、その命を肉として頂く日、私たちも招待されました。参加する子は希望者ということでしたが大勢出席していました。皆で楽しくにぎやかにそして幸せな時間を過ごしたことを憶えております。

北小のこの取り組みを遥か昔のことのように思い出しておりましたら、今年また、やりたいという話を夫が持ってきました。さて、北小の二度目の合鴨農法のことはまた後にしましょう。

夜、私の運転する車は水の張られた田を照らします。水の上を流れるように映る、私の車のヘッドライトとテールライトを誰か見ているかしら。

私のこと、懐かしい人が遠くで見てくれている、そんな気がします。

2018

9　君がいれば　心は躍る

確かな力を秘めてピアノの前奏が小学校の体育館に響きます。今、七十名に満たない児童たちは指揮者を見つめ心ひとつにして歌い始めます。

♪ようこそ　遥々(はるばる)ありがとう
♪あなたが来るのを　待っていた
♪楽しい仲間が　集まれば
♪どんなことでもできるのさ

市立大町北小学校（以下、北小）五学年児童の晴れ晴れとした歌声が体育館に広がっています。思いもよらないことでした。

十一月六日、今日は「五年一同より」と招待状に書かれている収穫祭の日です。十二時二十分、体育館とあります。夫は都合が付きませんでした。そしてもう一人招待されている人は、毎年一枚の田を小学校に貸す中島さん（夫の同級生）です。定刻の少し前、校長先生と私たちは広い体育館に入り席につきます。私たちだけテーブルでいわゆる雛壇です。五年生の児童とお家の方たちは敷かれたシートの上を行ったり来たり給食の準備です。小学生にならないと食べられない学校給食を私、頂けるんです。まあっ、幸せ！メニューは具だくさんのかきたま汁、酢豚、ごぼうサラダ、御飯、牛乳、浅漬け。そしてもう一皿は胡麻とあんこときな粉のおはぎです。小さなコロコロ！お土産用まで用意されております。給食が美味しかったことは言うまでもありません。

食べ始めて暫くすると舞台で発表が始まります。一組は慣行農法の米作りをスライド使って、二組は合鴨農法の取り組みを寸劇で発表です。中島さん役の子は整列する子らに「ちゃんと真っ直ぐ植えろ！」「おいっ、きちんとやれ！」など全て命令口調で演じます。私の隣に座る本人は「あんな風に言っているかなぁ？」と首傾げますが、「もう、そっくりですよ！」と。子供は大人を実によく見ていますね。あら、そうそう、私が何故小学校に招かれたのか肝心なこと言い忘れましたね。毎年北小の五年生は米作りの実習をします。今年は一クラスが合鴨農法をやりたいとのことで、我が家の合鴨を八羽貸

ネット張り

ピーちゃん

し出ししてお手伝いすることになりました。ですからこのおはぎは子供たちの収穫したもち米で作られているのです。

さて米作りですが、家が農家であるという子はひとクラスに何人くらいでしょう。数えるくらいしかいないようです。担任の先生も農業経験のある人は少ないと思います。農家の子であるイコール農業の手伝いをする、では無いことは我が家の息子を見ればよく分かります。田んぼの持ち主の中島さんは一から指導します。毎年、毎年です。

田植え後、ひ弱な苗が根付いたころ、合鴨八羽をケージに入れ二組の子供たちの待つ田へやって来ました。大騒ぎの始まりです。嫌だ！と言って鴨を触らない子、鴨を追いかける子、泳ぐ鴨に草を振り回しちょっかい出す子、挙句は合鴨の遊び場にする？とか言って鴨小屋の後ろの畦を数人が掘り始めます。これには中島さんもびっくりして「ダメだよ！畦壊しちゃ、ちゃんと元に戻して！」騒ぎの声聞こえますでしょうか。

小さな田んぼにネットを張ります。外敵避けと鴨が逃げないようにです。子供たちに指示を出すもののこれは無理です。主は数名の大人と二組の先生（女性）の作業です。仕上げは防鳥糸を人が立って歩ける高さに東西、南北に何本も張ります。我が家の田ん

回収

ぼよりかなり密です。稲を踏まないように子供たちが行ったり来たりして糸を張ります。最後に中島さんが子供たちに田んぼのこれからの管理について話しています。「合鴨が泳げるように田んぼにはいつでも水がなければダメだ」と。自身も一枚だけ合鴨農法です。今日から毎日この子たちが世話をするのです。朝、田の隅にある小屋から鴨を出し、下校の時に小屋に入れ餌をやるのです。ピィちゃんたちは毎日子供と触れ合い、にぎやかな声を聞きながら生活するのです。我が家だったら車の音を時折聞き、通りがかりの私にピィちゃんと呼ばれるくらいです。ピィちゃんたちはこれからどんな体験をするのかしら、大丈夫かしら、少し心配になります。

それから一週間は経ちましたでしょうか、今日は天気も良いし、道から見える田んぼは静かです。買い物帰りの昼近く、子供たちも誰もいない学校田に寄ってみました。ピィちゃんはいるかしら？　あっ、いました、いました。田んぼで何やら探して動いてます。「ピィちゃん、ピィちゃん」と声かけながら近づく私に皆頭を上げます。あっ私だって分かったみたいです。一団となり泳いで寄って来て、畦を歩く私の横を付いてきます。私のこと覚えていてくれたと喜ぶよりも、もう、切なくて、切なくて涙がじわぁです。だって、皆私の後を付いてくるんですもの。里子に出した子にこっそり会いに行った親になっていました。その後は学校田に足は向かず夫と一度行ったきりです。

夏休み前、子供たちは田んぼに集まり合鴨とのお別れ会です。一羽行方不明になりましたが、大きくなった七羽を皆で撫でたり抱いたりしています。合鴨を可愛がり大事に育ててくれた子供たちに私は「合鴨を可愛がってくれてありがとう。皆さんが合鴨を可愛いと思ってくれた、それよりももっともっと何倍もお家の人は皆さんを大事に思い、可愛いと思っています」と話して感謝の言葉としました。実はもう一つ、一人の子に言った言葉があります。合鴨を預けに行った日のことです。餌用に持参した玄米を男の子が何のためらいも無くひとつまみ口に入れぽりぽり食べました。私は思わず「何があっても生きていけるね」と言うと、男の子は頷いたような頷かなかったような。このセリフずっと昔に夫が言った「家は農家だから何があっても生きていける」です。ひょいと飛び出して来ました。

体育館に歌声が響きます。

♪肌の違いや　言葉のちがいも
♪みんなかきまぜ　そうさ　心かよわすのさ
♪元気出して笑い飛ばして
♪手を叩いて歌おう
♪君がいれば　心は踊る
♪今日から明日へと　動き始めてる

コンクールで歌を競うのでもなく、全校音楽会でもなく、聴いているのは五年生のお家の方たちと招待された中島さんと私です。

♪近頃調子は　どうですか
♪人生のんびり　行きましょう
♪これからあなたが　主役です
♪よければいっしょに　躍りましょう

ほぼ二十年ぶりに聞く小学生の歌声です。六十余名が指揮者を見つめ気持ちをひとつにした合唱が私の心と体に沁みていきます。こんなに上手なんだ、こんなに澄んだ声なんだ、こんなにきれいな声なんだ、五年生はまだまだ子供だと思っていたのにこんなに力強く歌うんだ。今は一人で何とか生きている息子らの小学生の頃の顔を思い出しました。晴れ晴れと歌う目の前のこの子たちもやがて巣立っていきます。恐らく思った以上に年月は早く過ぎていくのでしょう。歌に包まれてそんなことを思っていると、胸がいっぱいになりジワジワジワジワジワ眼が潤んできます。まあ困ったわ、どうしましょう、雛壇に座っているのでもう丸見えではないですか。でもジワジワジワジワは止まりません。

こんなに心震えることに私はまだ出会えるんだ、私にまだこんなことが起きるんだと、目を瞬きながら聴きます。

♪遥か昔に　出会ったはずさ
♪今日はなつかしい　そうさ　同窓会だよね

♪元気出して笑い飛ばして
♪手を叩いて歌おう
♪君がいれば　心は躍る
♪今日から明日へと　動き始めてる

作詞・作曲　仲里幸広
合唱曲　今日から明日へ

合唱が終わり、皆の前に立つ中島さんと私は記念の色紙を頂きました。歌の余韻からまだ抜けられない私は「感動しました」と声を詰まらせ、一言話すだけでした。色紙の

プレゼント

〝塚田先生とガーコママへ〟とあるのは、夫はスクールコーディネーターとして地域と学校を繋ぐ役を受け二年になります。私はずっと以前に野外保育の子らにガーコママと呼ばれていたことを先生に話したことから、再びそう呼ばれました。色紙を開くとシールに書かれた感想文が沢山貼られています。全部ではありませんが紹介します。(原文のまま)

・アイガモのことをおしえてくれてありがとうございました。命の大切さがしりました。本当にありがとうございました。

・あいがものことたくさん教えてくれてありがとうございました。田んぼのお手伝いもしてくれてありがとうございました。塚田先生とガーコママのおかげで毎回一日でおわりました。ありがとうございました。

・あいがものおかげで命の大切さを学びました。あいがもにいやされてとってもいいけいけんをさせていただきました。本当にありがとうございました。

・アイガモのかしだしや、だっこく、色々なことを手伝ってくださりありがとうございました。

・ガーコママへ、あいがもをありがとうございます。お手つだいありがとうございます。

・とってもアイガモはかわいかったです。

・あいがもは好きではなかったけど少し好きになりました。ありがとうございました。

・田植えやだっこくのときに手伝ってくれてありがとうございました。アイガモはかわいかったです。

・あいがもを貸してくださりありがとうございました。おかげで元気で良い米ができたと思います。中島さんも「今年はいいできのお米だな」と言っていました。米作りに協力をしていただき本当にありがとうございました。

夏休み直前の合鴨とのお別れ会の写真。七羽の合鴨と並ぶ子、後ろでピースしている子も、麦藁帽子を被っている夫も、長靴を履く私も、みんな笑っています。

十二月二十日、五年生の餅搗きに招待され、夫と私は搗き終わるころ高学年昇降口、中庭に到着です。夫は最後五回ほど搗かせてもらい、なんだかとても嬉しそう。我が家の臼と杵は二十五年以上もお蔵入りです。今日はお家の方たちは居らず、中島さんはもち米を蒸す段階からお手伝いです。搗いたお餅は砂糖醤油で美味しく頂きました。ご馳走様でした。五年生のこの子供たちと何かをすることはもう無いでしょう。感謝祭の日に本当は話したいことがありました。「皆さんの中でお家が農家の人は、忙しい時は少しお手伝いをしてみて下さい。やって欲しいとは頼まれないでしょう。でも自分の出来ることを少しやってみて下さい。お家が農家でない人は、何か一つ自分の好きな野菜をプランターで育ててみて下さい。例えばミニトマトを一本、きっと美味しいのが出来ると思います。失敗したって良いんです、又挑戦すれば良いんだから」感謝祭の日に言えなかったことを先生から伝えてもらいましょう。そして「感謝の言葉をいっぱい頂きま

四月のなごり雪

したが、私の方こそ大きな幸せを頂きました」と言う思いも一緒に。

平成三十年を迎えました。外はもうすぐ春だと勘違いしてもおかしくないくらいの残雪のような雪景色です。新年には、お宮を持つ古くからの村では、それにまつわる行事が行われるようですが、当地区にはお宮というものがなく、ずっと昔からの伝統と言うものもありません。戦後、開拓のため入植して出来た村だからです。戦後……この言葉に心寄せるのは幾つくらいまでの年代なのでしょう。先日、茨城県土浦の予科練平和記念館に行ったことを三十歳代？の男性美容師さんに話すと、「予科練て何

どんど焼き

ですか？」と。「エッ知らないの？　♪予科練のぉ♪って歌あるでしょう」「知りません」「……」。帰宅後息子に問うと「言葉は聞いたことあるけど何のことか知らない」と言います。夫と私は戦争について子らに話をしてきたと思っていたのでこれにも唖然とし、今のうち伝えておかねばと思いを新たにしました。

伝統となっているかどうか分かりませんが、一月八日にどんど焼きが行われました。秋に萱を刈ったり稲藁を集めたり、消防署に届けを出したり準備します。明けて五日に十人ほどで、それはそれは大きく立派なかまくら形のやぐらを作りました。幾らかしなる心棒の先に取り付けられた大達磨は、十二mの上空で踏ん反り返っているようです。フンフンと。どんど焼きは四時からで、集まった子らに一年の無病息災を願う行事だと説明した後、子供が点火します。

夫が子供のころはやっていたけれど、毎年かどうかは定かではなく、何時しか途絶えてしまったようです。息子らが小学生の時に夫や幼馴染たちが自治会に働きかけ、この小正月の行事を復活させました。遠い将来まで続くかどうか分かりません。担い手、少子化、やぐらの材料等、不安があり、今は私たち世代が作ることが出来ています。続いてほしいと思いますが、ねばならぬではないと思っております。

・ごうごうとどんどの煙巻き上がり汁粉持つ子の瞳に燃ゆる

10 アカデミックな風に吹かれて

(一) 合鴨の受難を越えて

千葉県からやってきた合鴨の雛達は今日も賑やかです。来て十日ほどになりますが、私は今とても憂鬱なのです。今年の合鴨農法は失敗だと思い始めています。雛が全く懐いてくれません。私の飼育に原因があるのですが……

天井だけビニールを張り、金網を巻いたハウスに合鴨はいます。遊び場に水と餌のトレーを置きますが、百三十羽もいるので気の弱い雛はガシガシと割り込むことが出来ず後ろにいます。トレーはいくつも置くので食べるスペースはあるのですよ。真っ先に席を取り食べる雛はどんどん大きくなります。それはさておき、私は今までは雛が来たその日から餌付けをしてきました（ここ数年は、それほど熱心にはしてません）。手の上の餌を啄ばみ、足元に寄ってくるようになります。この経験に慣れすぎてしまった私は餌付けの訓練をせずとも雛達は当然寄ってくるものと思っていました。だって毎日世話をするのは私なのですから。

もう少ししたら田んぼに出すというころ、雛達の前に餌を載せて手を出してみるとサッーーと見事に散っていきました。うっそぉっ！！！　思わず大声出していました。餌を啄ばむどころか手を伸ばしただけで逃げるのです、逃げるんですよ。翌朝また挑戦です。餌は手の上にあるだけ、空腹には勝てないだろうと思ったのですが全く近寄ってきません。地道な努力をせずに鳥を懐かせようだなんて呆れちゃいますよね。

数日後、ハウスの隣の田の準備が済み（周囲と上全面に防鳥ネットを張る）全員入れます。ハウスの出口からネットでトンネルを作り田まで直結です。出口を開けてもすぐに飛び出す雛は居らずちょっと出たり入ったりした後、さあ、それからです！　雛達は一団となりピーチャカ、ピーチャカ、ぞろぞろ、ぞろぞろ通路を歩きます。黄色の制服を着てリュックを背負う幼稚園児が遠足に出掛ける、そのまんまです。田を泳ぐ黄色の雛は風呂に浮かべる玩具そのものです。自由に泳いでいますが、少しでも不安な音や影が過ると全員素早く集まります。

雛達は充分に遊び田んぼにも慣れたでしょう。時間は早いのですが、ハウスに戻しま

初出勤

徒競走

す。通路の外に立ち「ピィちゃーん、おいでー、ピィちゃーん」「……」一羽も来ません。夫と私は田に入りオレンジ色のビニールの旗をつけた2ｍの棒を両手に広げ、頭上のネットを潜りながら通路に追い込みます。二日ほど苦労しましたが後はお任せってなもんです。夕方私がハウスに入ると鴨達はぞろぞろ通路を戻り飼育小屋に入ります。餌を撒くからでしょう。それとも、雛が来た日から声掛けだけはずっとしてきたので私を信頼しているのでしょうか？　餌係りの人だからですね……きっと。しかし声掛けは大事だとつくづく思います。合鴨を引き連れ歩く楽しさは体験しなくとも想像できますでしょう。

まだまだ準備をする田はあります。周囲にネットを張り、二種類の防鳥糸（黄色と透明）を鳥の気持ちになり、「わっ！　こんな所にも糸がある！　やだなぁ」と思ってくれるように縦横斜め、適当に張ります。終わった田から合鴨を入れるのですが、すぐに田んぼに放さず先ずその田の小屋に入れ餌を撒き、夕方ここに戻れば餌がもらえることを教え、この小屋に馴染んでもらいます。撒いた餌を食べ終えると、あっという間ですが、小さな扉を開け鴨を出します。新天地に足を踏み出すと……いいえ、なかなか出てきません。ファースト・ピィちゃんはどのピィちゃんかな？　恐る恐る出てきて暫くは

観客

一団になっていますが後は好きに泳いでいます。夕方、呼びかけながら近づくと大急ぎで寄ってきます、雛の目線では田の端は遥か遠く、海のように広い田に居て、とても心細かったのでしょう。そう思ってしまうくらいの勢いで私の下に集まりました。

一ヶ月季節が前倒しになっています。盛夏です。大きな中華饅頭をいくつも盛ったような入道雲が四方の山の上に元気に陣取っています。

合鴨を田の小屋からそれぞれ出して朝の一仕事を終え、夫とテレビを観ながらちょっと遅い朝食をとっていると電話が鳴りました。どこそこの誰それと名が告げられてから「塚田さんの家の合鴨だと思うんだけど、西原の交差点に雛が今三羽います。」「えっ、合鴨が？」「はい、合鴨の雛が三羽、今、西原の交差点にいます。塚田さんの家の合鴨だと思うので電話しました。」「そうですか、ありがとうございます、ちょっと行ってみますね。」家に連絡をくれたことに感謝しながらも半信半疑で電話を切りました。何故家の鴨が交差点にいるの？　信号のついた大きな道を三羽で渡っている？　まさか、ねぇ！　そこへは歩いて15分では行けません。まして合鴨の雛が、人間で言えば多分小学生くらいだわね、車に轢かれずそこまで行くのは不可能と思います。ただ一つ考えられるのは鷹か鴉が摑まえて飛び立ったものの、バタバタ大騒ぎされたので西原辺りで落としてしまった。大いにあり得ることです。実は毎日のように三羽四羽と鴨の数が減っているのが現状なのです。に、してもです、三羽一緒に交差点？？？

食事を中断してともかく行って見ましょう、もしかしたら電話をくれた人がまだ見張ってくれているかも知れません。その交差点はコンビニエンス・ストア、大きな田、家、家が向き合い、田は道に沿い大きな川というか用水路が流れます。コンビニに車を停めてともかく探すことにします。用水路沿いに歩いてゆくとピィピィ雛の声がしますが姿は見えません。とその時、バタバタとカルガモ（多分）が飛び立ちました。ピィピィの声を辿って行くと雛が三羽いました！　家の合鴨もそうですがピイと鳴いている間

全面ネット

は雛と言っているので、この三羽もそう小学校低学年くらいですかね。用水路に落ちていました。水深はそれほどでもないのですが流れは速く、水路そのものが深く私が入ることも、入ったら出ることも出来ません。川に沿って暫くピィちゃん、ピィちゃんと三羽を追いましたがどうしようもありません。三羽は流れに逆らいながらも途中の20㎝ほどの落差の滝をすとんと落ち、もう上がることは出来ません。流され草の向こうに見えなくなりました。でももしかしたら、その先の田の取水口から田に入っているかもしれません。以前家の合鴨が用水路に落ちて下の他家の田に入っていたことがありましたので、あのカルガモも……

鷹

合鴨農法をしていて切ないことがここ数年その深刻さを増しています。鷹や鴉にほぼ毎日取られており、一日中外で見張っているわけにもいかないので、この鷹の写真はとてもラッキー否レアです。鷹が合鴨を押さえつけたまま動かずに、大人三人で見ていても動じません。大声で脅しやっと飛び立ちましたが合鴨は無傷のまま死んでいました。手を拱き見ている訳ではありません。最初に雛を放した田は三日かかって全面にネットを張りました。要領が悪かったことと、幅の狭いネットを三枚繋ぐという能率の悪さ、眼鏡やボタンや支柱にすぐ引っかかりながらもやっと張りました。

しかしネットを張っていない田では空から狙いをつけて襲われます。その場で食べられたり持ち去られたりします。一番狙われやすいと思われる北東の田に防鳥ネットをかけることにしました。空から見れば一目瞭然なのに、目線の低い人間はそれでもどの田にするか考えます。27m×36mのネットを二人で畦の上、端をするすると引っ張っていけば良い！そういうことなのですが頭の中には風は吹きません。「風下から風上へネット引っ張るのはダメよ、逆だったらよかったのに、もう！」夫のやり方にクレームつけますが、風は横からも吹きネットはよじれます。3～4m間隔の杭にも引っかかります、田の中の三組の支柱に引っかかるのを夫が行ったり来たり直しながら広げます。お昼はとうに過ぎました。本当は「私もう嫌だ！　こんな面倒なの！」とさっさと引き上げたかったです。もしそうしたとしても、夫は一人で私を当てにせず張り終え、そして「終わったよ」と家に上がってくるでしょう……もう、しょうがないなあ、二人で仕上げるとしましょうか。「なんか上手くいったね」七割ほど出来たのを褒め、モチベーション保ちつつやっと終わりました。上手く張れたことに気を良くした夫は「他の田もやるか」と。「バカこくでない！」私がもっともっと若かったらさっさと引き上げていたのに。

この鷹と鴉、何とかならないのかしら。増え続けているような気がします。鷹は保護鳥なので手が出せませんが、動物病院（合鴨は鳥インフルエンザのニューカッスル病の予防接種をします）の先生にこの鴉を捕まえる方法を尋ねると、「ダメです、ダメです、野生動物保護に触れます」と。保護される野生動物に人間が生活のため作る作物を取られてもただ見ている他ありません。地域にもよるのでしょうがこの合鴨農法の限界を感じ始めております。私たちの体力にも限度があります。何か良い方法が見つかるかしら。何としても頑張ろうという農魂を私は持っていないのですが、夫は労を厭いません。ガーコ米（商標登録してます）というブランドの米作りを楽しんでいるようにも見えるのです。そしてこの農法を通して多くの方々とご縁が出来ました。縁はまた運を運んできます。

（二）　夏の至福

〃ノーベル賞・梶田氏ら登壇　信濃木崎夏期大学　8月1日から〃

七月六日付け大糸タイムスの一面に九日間の講座の詳細が載っています。〃大町市の木崎湖畔にある信濃公堂を会場に、平成30年度第102回信濃木崎夏期大学が8月1日から9日間の日程で開講する。本年度は、ニュートリノ研究でノーベル物理学賞を受賞した梶田隆章氏ら各分野における一流の研究者9人を講師に迎え開講する。誰でも受講できる。（以下要約）夏期大学は地元教育者らの声を受け、東京都内で活躍する県に縁ある教育関係者や財界人らが信濃通俗大学会を設立。内務大臣の後藤新平氏らの尽力もあり国内初の夏期大学として大正6年に始まった。信濃公堂は、信濃鉄道（現JR大糸線）社長で片倉製糸社長だった今井五介氏が私財を投じ開設。以降一度の休講もなく本年度102回目を迎える。

1日　神岡の地下から探る宇宙と素粒子　梶田隆章　先生
2日　地域に暮らすということ　玄田有史　先生
3日　実像の戦国時代〜戦争・職人・心持ち〜　笹本正治　先生
4日　トランプ大統領を生み出したアメリカの風景、政権の評価　久保文明　先生
5日　科学としての医学・生物学〜その特殊性と普遍性　堀田凱樹　先生
6日　現代中国語圏の女性作家　藤井省三　先生
7日　文化のたのしみ方〜日本人と西洋音楽　渡辺裕　先生
8日　子ども期の適応と家庭環境〜発達精神病理学から　菅原ますみ　先生

9日　宇宙における「進化」を考える　牧島一夫　先生〃

受講料一日五百円、当地域出身者は無料です。私は夏期大学は大町の誇りと思っております。一昨年は村山斉先生（素粒子物理学）の講義を受講しました。梶田先生の講義は、去年今年と二年続けて受けます。

宇宙の始まりも終わりも私には永遠に無関係なのに、講義に引き込まれました。

心地よくアカデミックな風に吹かれて数日後のことです。小熊山の暗闇からバズーカ砲が発射されました。何っ！

人口三万弱の大町市ですから、黒田バズーカでは勿論ありません。ンズンッ　ンズンッと背後でまた発射音です（ンは発音せず喉奥に詰まらせる）。バズーカ砲を知っているのですか？ですって？　では、どなたかバズーカ砲を見たこと聞いたことある人居られますか？　私だってそんなのある訳無いじゃないですか。だから、だからなんです、最初の一発でこれはバズーカだと閃きました。この夜、大町の山中に重い地響きを立てて何十発もンドンッ　ンドンッとバズーカが……

あのぉ、そのぉ、実はそんな物騒なことではありませんのです。もう本当のことを言

木崎湖

いますと、アアッ！とっとっとっ、それどころではありません、シュルシュルシュルッーーーと音を曳き尺玉が高く上がり、夜空に光の花が見事に咲いた後ドッカッーンと大音響が私の体を震わせます。まるで衝撃波です。そして絶妙のタイミングで後ろの山の中腹からンドンッと重く大砲の音が響きます。……つまりそういうことです。ご免なさい。

毎年八月十五日は木崎湖花火大会が大々的に開催されます。見物を湖畔に陣取れば水中スターマインが楽しめます。命知らずの花火師がモーター・ボートの船尾から花火玉をぽんぽん落とし、水中から噴水のように色鮮やかな光の束が大音響と共に扇形に開きます。全速力で逃げるモーター・ボートを大炸裂が追いかけるのです。目の前をボートが飛んでいく時は有りっ丈の声で叫びますが炸裂音に掻き消されます。

その迫力を体感できるのは湖畔でのみです。近年は湖から少し距離を置いた山際の道に車を停めます。地図を見て頂けるなら分かり易いのですが、湖の西に位置する小熊山がその裾を延ばしており、私はこの山を背にして花火を見物します。水中スターマインはその先端すら見えませんが、遠く流れてくるアナウンスに始まることを知るだけです。山裾から見る花火の楽しみはバズーカだけではありません。シュワシュワシュワァーと炭酸のような花火が夜空をくすぐるとそのくすぐり音は西の山と東の山を往復するのです。シュワシュワシュワァー　シュワシュワシュワァー　とね。こればかりは当地にお出で頂けなければお分かりになれないかと思います。音は体が感じるものですから。

頭の真上に見る花火は直接的な皮膚感覚を楽しみますが、離れて見る花火は少し違うように見えるのです。影絵のような山の背景が花火を引き立て、興奮をオブラートのような感情が包みます。ちょっと寂しく、ちょっと優しく、ちょっと孤独なオブラートです。

あっ、尺玉が上がりました。後ろの山に聞くのは花火の真ん中の音、花火玉に戻った

音が
、ンダンッ
と低く響きます。「おおっ、バズーカだ！」と興奮する息子と私は夜空の花束を背に、バズーカ求め行ったり来たりします。これが私の花火見物です。

2019

11　三十一文字に残す思い

町の小さな郵便局の角を曲がった瞬間、あっ！と声を上げました。力強い風の通り道の中に一歩踏み込んでいました。風は髪をぐしゃぐしゃにして、細長くねじれるべっ甲のイヤリングが取れそうです。

暖かい日なのでコートなど羽おらず、上はオレンジ色のカーディガンです。私、春っぽい格好をしていて、良かった！　春一番、私だけの春一番です。

春、今年も段取り良く、合鴨の雛の飼育が始まりました。すべて上手く順調にいっていますと言いたいのですが「それがせぇ」です。

「それがせぇ」、つまり「それがねえ、聞いて、聞いて」くらいの感じかしらね。私の好きな方言のひとつです。ついでに、何々をするだぁ？　と、語尾を上げて言う言い方があります。これ、とてもカワイイと思うのですが。何年も前、猿の被害が問題になり始まったころ、友人と猿の話をしていて、「猿を網で捕まえコテンコテンにして山へ返せばその群は来なくなるのでは」、と言う私のアイデアに「誰が猿をいじかめるだぁ？」と語尾を上げて彼女は言いました。そうだわよねぇ、出来ないわよねぇ。それ以来、だぁ？　が、好きになりしばしば使います。例えば、飲み会の続く夫に「今日も飲み会だだぁ？」と言えば、嫌味が明るく伝わると思っております。

それがせぇでしたね。田んぼ一枚を合鴨農法で米作りしていた人が、数年前から合鴨ではなくアヒルにしています。アヒル農法と名付けましょうかね、聞いた事ありませんが。家もまねして十羽をアヒルにしました。意味はありません。面白がってだと思います。夫のやる事ですから。百数十羽の合鴨とアヒルは成長していきますが、何かどうもねぇ、仲があまり良くないようなのです。喧嘩をしているなどというような目立ったことは無いのですが、アヒルのほうが羽が抜けているのです。度々突付かれたりしていれば羽が抜けます。多分、合鴨に気に入られていないのでしょう。次年度に向けての貴重な体験になりました。

ランドセル背負った小学生が賑やかに道を行くとき、ふっと、去年の事を思い出します。

市立大町北小学校（以下、北小）五年生の総合学習のひとつである、米作り体験学習のお手伝いをさせてもらったことをです。

体験学習と聞くと、子供たちが学校の近くの田んぼに入り、農家の人に教えてもらいながら一、二時間賑やかに田んぼの仕事をするという、映像的には田植えのイメージではないでしょうか。

でも、ここ北小は違います。ちゃんと学校田（借りています）が二枚あり、田植えから始まり、水の管理、稲刈りまで全て子供たちの作業です。あっ、田起こしや代かき等は地主の中島さんがトラクターで行います。勿論！

ひとクラスは慣行農法で、もうひとクラスは合鴨農法でやりたいということで、我が家がそのお手伝いをすることになりました。十羽余りの合鴨を貸し出して、子供たちは夏休み直前まで合鴨の世話と米作りを一所懸命にやりました。名前は覚えられなくても、このクラスの子供たちの顔はほぼ分かります。

作った米は糯米です。稲刈りをしてはぜに掛け、脱穀まで元気に頑張りました。収穫を祝う感謝祭に招待され、給食とおはぎをいただき、そして寸劇と合唱が披露されました。息子たちが卒業して以来の小学五年生の歌声に感動し、終りに一人一人の感想が書かれた色紙を記念に手渡された時は、皆の前で声を詰まらせたことを忘れられません。

その後の餅つき大会に呼ばれた事など楽しかった思い出を、短歌文芸誌『ぱにあ』の〝歌の現場「風を起こす」〟に書かせていただき、その『ぱにあ』を校長先生と担任の二人の先生にお渡ししました。


月日がたち、最上級生になったあの子たちはきっと下級生に優しいんだろうなあと思いながら時々懐かしがっておりました。会う機会も勿論なく、一緒に何かするなどあり得ないまま卒業するのだと思っておりました。

秋、我が家の稲刈りも終わったある日のこと、北小から帰ってきた夫が（今年も北小のスクールコーディネーターの任を受けています）「六年生の先生が、子供たちに短歌を教えて欲しいって言ってたよ」と序でのように言います。「エッ！教える？　短歌を？　私にそんなこと出来る訳ないじゃない！」「はっきりと決まった訳では無いみたいだけど」　ああ、良かった！このまま何も言わなければ立ち消えに、無かったことになると思いホッと胸をなでおろしました。

何日くらい経ったのかしら、二組の先生（合鴨農法のクラス）から電話がかかってきて、国語の短歌の授業のサポートをして欲しいと。

「短歌を教えるなんて無理です！」

「〝ぱにあ〟の短歌を読みました。今、短歌を作っている人に子供たちの作った短歌を褒めてもらいたい。時間は十分くらいで短歌のお話しをしてから、子供たちの歌を見てもらいたい」

「私が短歌を始めたきっかけとか、車椅子の母の事を詠み、心の支えになっている歌があるとか、そんな事しかお話しはできません」

「それで充分です。そのお話しをして下さい。そして子供たちの歌を褒めて下さればそれで充分です」

もう引き受けざるを得ません。打ち合わせないまま迎えた当日は、ひさしぶりの頭痛で時間ぎりぎりまで横になって、そしてやっとお茶一杯を飲み、学校へ出かけます。（私、プレッシャーにとても弱いです） 校長室まで迎えに来てくれた先生に体調のことを話ししてから、始めは一組へ。キッチンタイマーと原稿を持って、いざ出陣！

子先生の
紹介とお話

授業風景

こんにちは。去年皆さん五年生の米作りの時に、合鴨農法でお手伝いさせて頂き、また収穫祭や餅つきの会に呼んで下さり有難うございました。ほぼ一年ぶりにこんな風に皆さんにお会いできるなんて思ってもおりませんでした。しかも米作りではなく短歌の事でお話が出来るなんて、本当に夢のようです。どうぞよろしくお願い致します。

その短歌ですが、私は何十年も歌の勉強をしてきたわけではなく、まだ十年ほどしかやっておりませんが、歌を作る楽しさを知り、また、作った歌の中に自分を支えてくれる歌が一首あります。そんなお話しをしたいと思います。今、一首と言いましたが短歌で歌を数えるのは、一首、二首と言います。

最初に短歌を作る事になったきっかけをお話しします。十年ほど前、ある会合でたまたま隣に座った女性が短歌を作っている人でした。その人は、歌を作る事は楽しく、歌が自分を支えてくれていると言いました。すぐに返事のFAXが来ました。そして誘われた私は数日後、歌を一首作りFAXで送りました。すぐに返事のFAXが来ました。書いてあったのは、塚田さん、短歌は五七五七七です。私はそんなの当たり前じゃん、何でそんな事を言うのかと思い、歌を見直してみると、何と、五七五七七七でした。頑張って気合入れすぎました。そんな私でしたが歌を作るのはとても楽しく、作った何首かを紹介したいと思いますがその前に、短歌の作り方のお話しをしたいと思います。

歌作り、難しい事はありません。（黒板に書いていきます）・日本語がはなせる・ひらがなが書ける・三十一文字にする、それだけです。そしてそこに・自分の気持ちを入れる。昔昔人々が神様に訴えた、例えば神様どうぞ雨を降らせて下さいと、皆でリズムをとり訴える、訴えるが歌になったそうです。だから自分の気持ちが入っている事が大事です。

そして歌を作った時の気持ちを話しながら、何首か紹介しました。一人の男の子が首傾げ指折り数えています。そこで「一字くらい多くても少なくても大丈夫」と話しました。

・ピイピィと手の中で鳴く雛鴨のその心臓は早鐘を打つ
・逃げ出して自由と危険を手に入れた合鴨嬉嬉と散歩をはじむ
・県道を遠足中に保護されて車で帰宅の鴨説教す

・しがみつく地球の引力手ごわくて離せ、離せとロケット火を噴く
・がらんどうの本物ロケットでかいだけ　こんなのに命乗せられません！
・その時アルウィン沸騰　タオル振りふられるタオル見続けていた
・秋の陽に薄紫の嫁菜咲く「ねぇ、お母さん、いいお天気よ」
・へとへとになるまで歩ける足があるくたびれ果てても歩き続けん

10分に設定したキッチンタイマーを鳴る直前に止め、いよいよ子供たちの歌を見せてもらいます。あらかじめ授業で勉強しており、そして作りやすいようにとテーマもあり〝楽しみは〟と黒板に書かれています。私の机に、一人、また一人とノートを持って来ます。数人が並び始めたと思ったらアッという間に七、八人以上がずらり並んでいるではありませんか。私、頭がパンパンです。

＊　四首も作った男の子が、一首を選ぶために私に聞きます
「どれが良いですか？」

「うーん、ううむ、うーん」

「うーん、しか言わないよ」

「あなたはどの歌が一番好き?」
迷いなく「これ!」と指した歌
「うん、じゃあ、これだ」
にこにこしてノートを持って行く
＊　言いたいことが分かるような分からないような、歌全体の流れがつかめないし、それに五七五七七がでたらめなような気がするので、指さしながら読みかけたら
「こっちから読むの」と、結句を指します。私、正直、恥ずかしくなりました。何で気付かなかったのかと。なるほどね、左からなのねぇ……
＊　結句が五文字の歌に
「この最後の所に、……だなぁ、とか、……だよ、って付けると自分の気持ちがもっと良く表れると思わない?」

「あぁ、はい!ありがとうございます」
＊　初句と二句目を指しながら
「これとこれを入れ替えると、もっと分かりやすくなると思わない?」

「はい」ッテ、イッタケド、ワカッテクレタカナ?

歌を見せてもらいながら一人一人に「ああ、いいねぇ、ここの所、とても気持ちが表れていて良くわかるね」「ああ、なるほどね、いいねぇ」「良くわかるよね、いいねぇ」と、感動しながら一人一人に言います。上手だねぇ、ではありません、いいねぇ！です。先生に褒めてあげてくださいと頼まれたからでは全くありません。こんなに素直な歌を作るのだと、心から感動します。取り掛かりやすいようにテーマがありましたが、テーマを変えた歌もありました。愛犬が死んだ悲しみを詠った女の子。全ての歌がすうーっと心に入ってきます。「いいねぇ」が私の心からの感想です。

そしてもうひとつ思ったことは、小学六年生の時に歌を作る、というのが羨ましいです。本当に羨ましく思います。もし、この気持ちを子供たちに伝えたら彼らはきっと言いますね、「えーっ！訳わかんなーい！」六年生で歌を作るのが何故羨ましがられるのかって。

私、小学校も含め国語の授業で短歌を作った記憶がありません（忘れてしまっているのかも知れません。ちなみに夫に尋ねると、小学生の時作ったそうです。歌は忘れたが五六五七七で「一文字足りない」と先生に言われたことだけを覚えている、ですって）

文集

小学生の時にもし歌を作っていたとしたら、どんな歌を作っていたのかなぁ、三十一文字にどんな気持ちをのせていたのかなぁ。写真、声の記録、ビデオと同じように三十一文字に残す思い……残っていたなら……

短歌には三十一文字、五七五七七の決まりはあるけれどもそれに縛られすぎて、難しい、面白くないと最初から思って欲しくありませんでした。自分の思いが自由に、五七五七七らしき調べに乗っていれば良いのではないかしらと思いました。短歌のハードルは低く短歌って簡単かも、そして楽しいねと思ってもらえたら、子供たちと私の短歌作りは大成功だと心から思っております。

分厚い文集が届きました。六年生一同より、と。短歌についての感想文です。原文のまま一部紹介させていただきます。（前後の授業への感謝の言葉は省略します）

＊……あの授業で知ったことがあります。文字数がぴったりにならなくてもいいということです。短歌集などを読むと、文字数がちがっている歌があることに疑問を持っていたのでそのなぞがとけました。あと、私の作った短歌を「いい」と言ってくれて、ありがとうございます。……

＊……私は短歌はステキだなと思いました。私が考えた短歌で一番のお気に入りは「親友と　あそぶやくそく　たのしみは　おしゃべりしながら　ゴロゴロくつろぐ」です。どうですか？　ちょっとだけ文字数は多かったり少なかったりするけど、けっこううまくできたと思います。他にもたくさんつくりました。友だちについての短歌もつくっちゃいました。……

＊……塚田さんのお話を聞くまでは「いい短歌をつくろう！」と思っていましたが、お話しを聞いた後は、「思ったことを素直にそのまま書けばいい短歌がつくれるんだ」と思えました。その後、楽しみなことを思ったまま書いていい短歌を作ることができました。……

＊……さらに、ぼくが作るのに少しこまっているとアドバイスをくれたりほめたりしてくれました、出来上がると短歌はとても楽しいと思いました。……

＊……短歌は五七五まではかんたんだけれど、七七がむずかしいと思いました。……

＊……三十一文字もかくのかと思ったけどいがいと短かったです。

＊……自分の気持ちや、だれかを思う気持ちをこめて作った短歌は、とてもあたたかい気持ちになりました。私も、自分の気持ちがこめられていたり、だれかへの思いをこめて短歌を作ってみたいと思いました。

＊……私は詞を作るきまりとして、五七五七七にずっととらわれていて、あてはまらない、ダメだ、ダメだのくりかえしだったので、詞は自由なんだ。ということを教えてもらい、五七五七七のくさりがとれたような気がしました。私に、自由な詞の世界を教えてくださって本当にありがとうございました。

＊……五、七、五、七、七の七、七がすごく難しかったです。でも一個思いついて書いてみると、そこからどんどん思いついて、五個くらい思いつきました。

＊……短歌をほめてもらったり、直してもらったりしたことを母に話してみたら、「塚田先生はやっぱりほめるのが上手だよね。良かったね。」と言っていました。それを聞

いて、その通りだなぁと思いました。……

＊……最初に、五七五七七でおさめなくてもいいということが分かりました。楽しいことを短歌に書いてアドバイスをもらってよりよい短歌になったと思いました。はい句は今までやっていたけど。短歌はやったことがなくて不安だったけど、意外と自分が思っていることなどを書けばいいとわかったのでよかったです。……

＊……私たちのためにきんちょうしすぎてご飯がたべられなくなるほどにたのしみにしていただきありがとうございます。……五七五七七の三十一音にこだわらずに字残りしても字余りしてもいいから思ったことをそのままあらわせばいいと聞いて、短歌って気楽に書けばいいんだなと思いました。……

＊……給食はおいしかったですか。私は、となりで給食を食べていました。給食を楽しんで食べていたならとてもうれしいです。次は、今の五年生にも短歌のことを教えてあげてください。……

＊……私の短歌はピアノの短歌です。今日先生に見せた時、すごくほめてくれて、すごく嬉しかったし、自分の作ったものに自信が持てて、堂々と書けました。何か本当にすごいうれしかったです。自分の好きな事を自由に書けるのはすごく気持ちいいと思い

ました。……
＊……先生の作品は自由ですごくいいと思いました。いつでもどこでも思ったことをかいていました。ぼくたちの作品を見てくれるといって、大行列ができていました。すごくいい作品だとほめてくれました。……
＊……短歌にアドバイスをくれてありがとうございます。ごはんもたべれないときいて、それはかわいそうだとおもいました。ごはんをちゃんと食べてけんこうに長生きしてください。
＊……私は短歌を考えるのが少し難しくて苦手でした。でも塚田先生が「一文字くらい多くても、少なくてもいい」と言ってくれたおかげで短歌を書くのにあまり頭を使わなくなって、考えるのが楽になりました。……おかげでとっても良い作品が出来たと思いました。ありがとうございました。

「風を起こす」をほぼ書き終えましたが子供たちの短歌もここに載せたく思い、数ヶ月ぶりに北小へ出かけました。二組の先生にお願いしたところお返事をいただきました。「授業がけっこう前だったこと、作品を返却してしまったことで、当時の作品そのままでない子もいます。子供たちに主旨を話したところ、多くの子が賛同し、新作を即作った子もいます。」として、次の短歌をお寄せ下さいました。心から、有難うございます。

・鳥たちの　鳴き声ひびく山や森　山にフクロウ　川にカワセミ
・スキーして　ブナを滑ってコブがあり　板が開いて　転んでしまう
・友達と　遊んでじゃれて　笑い合い　笑顔たくさん　たのしいな
・太鼓やり　手に当たるバチ痛くても　どんどんやろう　発表に向け
・たのしみは　家に帰って　ゲームだな　友達と一緒で　たのしさ倍増
・たのしみは　秋をこえて　雪つもる　風を感じて　外歩く時
・たのしみは　毎日通う友達と　学校楽しい、あと少し
・兄妹と　ケンカし気まずい状況で　話しかけれず　少し後悔
・たのしみは　ダンスするとき　Ｔｗｉｃｅの　ナヨンのように　おどるとき
・各校の　友と集まり　試合して　分ちあうんだ　野球の楽しさ
・母想い　涙をながす　その時は　晴天の空　見上げてる
・たのしみは　難しい曲　練習し　ピアノ弾ききり　ここちよい時

・準優勝　見上げる天井　残念だ　でも考えると次へのチャンス
・夜になり　みんなで見上げる　月と星　また一段と　きれいに見える
・冬の朝　はがれたふとんかけ直し　ひざをかかえて　寒さにたえる

子供たちの三十一文字の調べはすてきです。いいねぇ！

12 未来に羽ばたけ、羽ばたけ

（一）未来へ羽ばたけ

平成三十一年　三月十九日　　大町市立大町北小学校の卒業式です。

正式には、平成三十年度　大町市立大町北小学校　卒業証書授与式　なのですね。私も列席させていただきます。夫は正式に招待状をいただいてのことなのですが、私は校長先生からの誘いを受けました。私が大町北小学校（以下、北小）の大事な節目の式に参列する訳は、今日の卒業生と私の二年にわたる関わりがあったからなのです。この子供たちが五年生の時、総合学習で米作りをしました。その時、ひとクラスは慣行農法でもうひとクラスは合鴨農法でという事になり、その手伝いをしました。今も目に浮かびます。まだ子供っぽさの残る彼らは声上げて、小さな合鴨に大騒ぎしていました。追いかける子、触れない子など、あぁぁ大丈夫かしらと合鴨のことを心配しました。

子供たちに可愛がられ元気に大きく育った合鴨は、夏休みに入る前に子供たちとお別れして我が家へ帰って来ました。本当に、可愛がってくれてありがとう、大切な思い出になってくれたらこんなに嬉しい事はありません。

その後も、収穫祭や餅つき大会など招待されて楽しませてもらいました。収穫祭では寸劇や合唱に感動して涙ぐんだ事などとてもすばらしい思い出が出来ました。

その彼らが六年生になった秋のことです。国語の授業で短歌作りに関わった事は私の一番大事な思い出としてあり、今でも教室の中の彼らの声や動きや、一緒に給食を食べた事は映画のように心に甦ります。そんな彼らの卒業式に何で行かないことがありましょう。彼らの晴れの日の姿を見たいと、夫と出かけました。私は保護者でもなく来賓でもなく、ただ彼らの学習に関わった地域住民として列席します。

九時少し過ぎて来賓が体育館に入ります。私は後ろから付いて行き一番端に座ります。皆着席した後、いよいよ卒業生の入場です。拍手に迎えられた卒業生は緊張しているものの落ち着いた様子でゆっくりゆっくり体育館に入ってきます。全員席に着くまで拍手は止みません。開式の言葉が一言高らかに響き、すぐに国歌斉唱の後、校歌合唱。全員で歌います。実は私、自身の卒業した小学校の校歌はもうほとんど憶えてはおりませんが、この北小の校歌は空で歌えます。息子二人の学び舎ですから。とても良い校歌だと思いますので紹介させていただきます。

大町北小学校　校歌

作詞　勝野　義人

作曲　飯沼　信義

一、鹿島に爺に　蓮華岳
銀の山なみ　高くして
窓辺にせまる　学舎の
声ははるかに　こだまする
励もうわれら　たゆみなき
努力の先に　希望あり

二、静かに澄める　木崎湖や
青木・中綱　水清し

心はぐくむ　学舎の
われらつなごう　愛の手を
体をきたえ　胸はって
進む未来に　夢はあり

三、仁科の里は　豊かにて
流れは遠し　高瀬川
白く輝く　学舎の
窓に理想の　旗かかげ
きのうに重ね　あすへゆく
われらの日々は　新たなり

私が一番気に入っているところは、最後の〝きのうに重ね　あすへゆく　われらの日々は　新たなり〟という歌詞です。ここを歌うときいつもじーんと感じるのです。

そしていよいよ卒業証書授与です。卒業生は間隔を置いて、一人、一人壇上に上がります。校長先生は卒業生の名を呼び、心を込めて卒業証書を手渡しています。校長先生の横には和装の袴姿の担任の先生が立ち、卒業生を見つめております。自分のクラスの生徒の名が呼ばれ卒業証書が授与されてゆきます。授与された卒業生は畏まった様子で頭を下げて、そしてゆっくりと壇を下りてゆきます。校長先生は一人、一人の顔を見ながら心を込めて手渡しております。

静かな引き締まった雰囲気の中、式次第に沿って学校長式辞、来賓祝辞、保護者代表謝辞が述べられた後、別れの歌が卒業生と在校生で歌われました。そしていよいよ卒業生退場です。自分のクラスの子供たちを見送る先生の思いは、私の想像をはるかに越えるものなのでしょう。親、保護者の思い、先生方の思い、地域の役職に着く来賓の方たちの思い、そして地域住民として参列する私の思いの中を、卒業生はゆっくりと確かな足取りで中央の通路を進みます。一歩、一歩、学び舎に過ごした年月を惜しむかのようです。いいえ、多分、とても緊張しているのでしょう。体育館にいる皆が見ているのです。顔は引き締まり、手は指先まで緊張してます。四月になったら入る中学校の真新しい制服を着ていますが、今の彼らの身の丈には合っておらず大きめです。しかしその制服では包みきれないくらいに体も心も大きくなるのでしょう。子供たちの巣立ちを見詰めていました。

制服に入らないくらい大きくなれ。

未来に羽ばたけ、羽ばたけ。

翌日の三月二十日の地元新聞、大糸タイムスの一面に北小の卒業式が写真入りで載りました。一部紹介します。

感謝伝え学びや巣立つ

大町市内4小学校で卒業式

大町北小学校（塩島学校長）では、体育館に在校生と保護者、教職員らが集い、男子40人・女子30人計70人の卒業生が、恩師らに見守られる中で卒業証書を受け取った。6年間通った思い出の学びやを巣立った。

同校の学習を支援する地域住民なども招かれ、温かな祝いの雰囲気に包まれた式となった。拍手の中、入場した卒業生は、在校生たちと互いに歌や言葉で感謝の気持ちを伝え合い、別れの時を名残惜しんだ。心を込めた全体合唱を体育館いっぱいに響かせていた。

塩島校長は「目標を見つけ自分の力で道を切り開き、前へ前へと歩み続けて」とはなむけの言葉を贈った。

私にとってこの子供たちとの二年にわたる関わりは私に何をもたらしたのでしょうか。単に貴重な体験をしたと言うだけではない、私を揺り動かす何かを得ています。何かを。

（二）今しかない

大町の遅い春は、山の芽吹きから始まります。山の木々の深化は刻一刻と言っても言い過ぎではないと思うくらい早いです。ではありますが、昨日の今日ではその色の深まりは分かりませんが数日をおくと、僅かではありますが違いを感じます。時の中に身を置いていると感じることができる季節です。ほんの数分前の時間はもう感じられず、またほんの数分でもまだ来ない時間は感じる事が出来ません。今、今、今しかないと思う季節でもあります。

・春の野にぽつぽつこぼるる空の色は小さな花に、オオイヌノフグリ
・空色の花の小ささをかわいいとそよ吹く風はくすぐり続ける
・蒲公英は陽の傾くころ閉じるって今のいままで気づかなかった
・雑草とて刈られる黄の花刈られても綿毛と変わる、たんぽぽ魂

四月二十八日　天気を選び、今日ハウスにビニールを張ります。

朝十時、ほぼ微風。夫と二人で準備を始めます。何年も使ったビニールはもうボロボロになり、今年新しく買い換えました。用意したビニールは長さが12メートルあり、幅は6メートルです。ハウスは全長15メートル、間口4m50㎝、高さは3m20㎝程です。ビニールの一端をロープで縛り「えい、やあっ」とロープをハウスの向こうに投げ、ずるずるとロープを引っ張りながらビニールをハウスの上に引き上げていきます。やいのやいの言いながら何とかハウスの上に広げたビニールを鉄パイプに仮止めをします。次は黒い紐をビニールの上に掛けてビニールが飛ばないように向こうとこちらを、地面から出ている紐に括り付けるのです。と簡単に言いますがこの長い黒紐をハウスに掛ける

のが大変です。端を括った後、もう一方の端に錘になる子供用ビーチサンダルを結わきます。そしてそれをハウスの向こうへ届くよう投げ上げます。昔はハウスのパイプに沿って一直線に向こう側に届いたのに、昨今は殆どが大きく逸れてしまいます。ハウスのテッペンに不時着するのもあります。風の出てこないうちにやり終えなければなりません。

・子供用ビーチサンダルに紐結び青空めがけ「せーの」で投げる
・青、黄のビーチサンダル空を飛ぶ浜辺に遊びし子らの声、ふっ
・ひゅるひゅるとビーチサンダルの後を追う放物線よ、ハウスを越えろ
・このごろはわが意を酌まぬビーチサンダルあちらこちらと奔放に飛ぶ

ハウスのビニール張りをほぼ終えたころです。こんな幸運あるもんじゃない！　もう二度とないのではないかしら。それほど幸せなひと時を体験しました。それは、条件が複雑に重なって出来た、奇跡のような二重の虹でした。「すごいね！きれいだね！」を繰り返すばかりです。黒のサングラスを通して見る虹は鮮明です。太陽を中心に大きな

水平虹

大町から日暈と水平虹

虹の輪と、その下に太く長く延びる水平の虹です。水平の虹は雲と雲の間のでこぼこの形のまま下弦の虹の色は波波していいます。あちこちの友人に電話します。穂高でも「今、見ている！」と興奮気味に彼女は叫んでいました。何しろその日のＮＨＫの長野地方版のニュースに取り上げられたくらいですから。カメラにも収めましたが、虹が大き過ぎるのと夫のカメラではあの虹の色は写せませんでした。思い出すだけでもあの時の興奮が甦ります。翌々日の大糸タイムスにも写真入りで載りました。紹介します。

28日、太陽の暈（日暈）と、水平の虹（環水平アーク）が現れた。インターネットやラインで広まったためか、外に出て撮影している人が、あちこちに。正午前には消えた。

㈢電気柵設置はしたものの

五月十六日　猿追払い協力員説明会が市役所の会議室で開かれ、今年も講師は信州大学・農学部　教授　泉山茂之　先生です。猿の生息状況と被害防止対策について講義がありました。講義の概略……奥山にいるだけだった猿は1980年代下に下りてきて被害が大きくなった。猿を駆除してもダメ、奥にいる猿が次にまた下りてくるので駆除のほかにも対策をとる。集落によって来る猿の集団が決まっている。発信機が取り付けられた猿の集団の動きが分かれば対策が取れる。とにかく猿が嫌な思いをするように追払うことが肝心。

何年も前のことですが、我が家は猿に何度も侵入され（玄関からです）、引戸の戸から開き戸に玄関を全面新しくしました。家の中には以来入られていませんが、屋根は往来自由です。農作物に関しても多勢に無勢です。

6月18日の大糸タイムスの1面の記事（一部省略）を紹介します。

サル生息数増え対策強化　大町市　寿命延び出産回数も増

大町市内に生息するサルの個体数が増加している。30〜40の群れで1600〜2400頭と推計した平成20年度の調査結果も踏まえ、担当の市農林水産課は「近年は、目視による調査で明らかにサルの子供の数も増えている」と問題視。鳥獣被害対策を含めて取り組みを強化していく方針だ。サルの生息状況については、市内に生息するとみられる30〜40群のうち、被害を及ぼす群は15あり、個体数は700〜900とみた。15群のうち、4段階あるサルの加害レベルについては、まれに数頭が農地に出没し、人の姿を見て逃げる加害レベル2は2群。季節的に群れ全体が農地に出没し数頭が人家に出没し、人の姿を見ても逃げないレベル3が8群。通年、群れ全体が農地に出没、人家にも侵入し人を威嚇するレベル4が5群と説明した。個体数の増加の原因については、人里に出没し野菜や果樹を食べるようになったことで、栄養状態がよく寿命が延び出産回数が増加したと分析。猟友会と連携した個体数調整、市が平成17年から全国に先駆け実施したモンキードッグ事業（犬による追払い）、国や市の補助金を活用した電気柵設置を進めるなど「他市町村での取り組みや専門家の意見を参考に、ハードとソフトの両面から対策を講じる」と。サルを含む有害鳥獣による農作物被害の状況は、各種対策もあり、出荷品としての農作物では大幅に減少しているが、家庭菜園など自家消費の農作物では個の負担により対応が取りづらく深刻化している。

(四) 合鴨農法の危機

五月十八日　合鴨の雛110羽が到着して、今年もいよいよ春、始動！

去年から宅配便の業者さんがどこも雛の輸送を扱わなくなり（航空機は運ぶそうです）、合鴨の出荷元・椎名人工孵化場さんが千葉県から高速道を松本インターまで運んでくれます。近郷近在の農家さんがインターまで取りに行き、夫は我が家の分を含めて8軒分をまとめて取りに行きます。羽数の一番多いのが山本さん160羽、我家110羽、6軒は40~10羽です。そのうち2軒の15羽ずつは10日ほど我が家で育てました。雛1羽は520円です。

近年、私は雛の餌付けをしていません。以前は手に餌を乗せて雛に食べさせせたりしました。すると、こんなにも懐くのかと嬉しくなるくらい私の足元に寄ってきます。餌が無くても私の手をつんつん突付きます。餌付けはしませんが声掛けは世話している時はずうっっっと、「ぴーちゃん、ぴーこちゃん」と掛け続けます。県道へ出る道の脇にハウスがありそこで雛は飼育されますが、不用意に道を通るとびっくりして警戒します。「ぴーちゃん、私よ」と教えると雛は警戒心を解き落ち着きます。

五月二十三日　午後までかかりますが一日で田植えは終わります。田植えをしてくれる人は毎年の秋収めの旅行に行く仲間の一人で、去年まで民宿をしていました。昼食はいつもカレーです。そのカレー、前夜作ったことを話したら、「保健所では、絶対に前の日の作り置きはダメだって、食中毒起こすって」と言います。（そういうこと、今言う！？）と内心では。話は弾み、そして誰も食中毒を起こしませんでした。

田植えが終わると今度は合鴨を田に放す準備が始まります。

田んぼそれぞれにおいてある鴨小屋はもう修理してあります。次は、目の細かなネットを田の周りにぐるっと張りますが、その前に鉄パイプと以前使用していた電気柵用の杭を打っていきます。緑色のネットが田んぼを一回りして、これで合鴨は外へ出られないし外敵も入れないでしょう、多分。そして何と夫は「空からの進入を防ぐ為、田んぼの上を防鳥ネットで被う」と言い出しました。私咄嗟に「バカ言ってんじゃないわよ、去年、田んぼ一枚をネットで被うのにどれだけ苦労したと思っているの」と言い返しましたが、夫はすでに田んぼ9枚分のネットを用意してあります。やるしかありません。が、草が増えてきた田には防鳥ネット張る前に合鴨を放しました。そのうちの1枚の田に20羽入れたのですが、入れた翌朝もぬけの殻でした。小屋の入り口は鉄パイプを差し込んでいるのですが、狐はそれを何とかずらして僅かな戸の隙間から進入して全てを奪っていきました。

防鳥ネットは何回か息子と仲間の手を借りましたが、ほぼ二人で半月以上かかりました。

これだけ防御を徹底すればもう大丈夫と思いました。緑のネットの裾を田んぼの中に差込み、畦の上はペグを何本も挿しますが、それをも掻い潜る雛がおり、その雛はあっという間に鴉に襲われます。その度に田を巡り、少しでも裾が浮いていないか注意深く見て歩きます。

全面を被った田んぼから順次雛を放していくのですが、その田の中ですら雛は骸に

なっています。赤いネットの上に乗っていることもあります。無残な姿の雛がネットに絡まずに乗っているのです。雛と言っても随分大きくなっているのですが、鴉なのか鷹が襲ったのか分かりません。

襲われた合鴨は庭の外れの雑草地に埋めます（夫がします）が、数日で盗られます。石を乗せようがワイヤーネットを被せようが、狐でしょうか全部盗っていきます。

六月二十一日　家の田んぼの下のソバ畑で作業していた人が、私たちの所へ来て「今、鷹が田んぼの中に入っているよ」と知らせてくれました。急ぎ行ってみるとネットの中に鷹がいます。夫がゆっくり近づくと、気付いた鷹は急に飛び立ちそのまま猛スピードで上空のネットを突き破り飛び去りました。一瞬の出来事でした。ネットなど無いかのごとくに飛び去った鷹のスピードと姿を見た瞬間、美しい！と感じました。迷いのない鷹の動きでした。飛び出した後のネットには40センチほどの穴が開いております。他の田んぼもよく見るとあちこちに穴が開いています。合鴨たちもびくびくしているのが分かります。いつも寄り集まって動き、なんでもない事に頭を上げて警戒します。

さすがに夫は愚痴をこぼしませんが、ため息ばかり吐きます。私だけです「もう嫌だ、くたびれた、こんなに余裕が無いのは初めてだ」と愚痴を言います。これでは運も逃げ

鷹

てしまいますよね。息子に言われました。「来年の合鴨のことは稲刈りが終わってから考えよう、今、それ言ってると辛くなるだけだから」と。

六月二十三日　合鴨は全部で60羽になってしまいました。

六月二十四日　防鳥ネットの下で一羽が骸となっています。少し弛んでいたネットの上から鷹に襲われたのです。白い羽毛がネットに絡み付いています。

九月の下旬になります。稲の葉はすっかり黄色くなり、合鴨の声が聞かれなくなった田んぼに稲穂がさやさやと揺れています。

ガーコちゃん、ありがとうね。

あちらこちらに稲刈りを終えた田が増えていきます。我家では今やっと、田の上全面に張った赤い防鳥ネットを一枚残して全て外し終えたところです。そして次は周囲の緑色のネットを、絡み付く草を取りながらゴイゴイと力いっぱい土から引っぱり上げていきます。大きなコンバインが入れるように田の周りの片付けを急ぎます。

さぁて、あと少しです。稲刈り前に夫ともうひと頑張りしましょう。

戦後の農地開拓からの物語

跋に代えて

塚田伸一

昭和二十年の終戦の頃、父は東京の池袋辺りに住んでいました。前年に妻を亡くし長男が戦死、残された二人の子供と三人暮らしでした。その父が「これからは農業」と決断、九月の初めには開拓者の道を歩んでいました。父は足にけがをしていたため娘に連れられ、長野県北安曇郡平村に入植しました。平村の開拓は六ヶ所あって、その中の一つが私のいる新郷というところで、そのころはまだ名前のない土地でした。南洋拓殖会社が大澤寺の土地を払い下げてもらい、みんなで分けて松林を開墾していったのです。当時水利権がなかったので畑にし、麦やソバ、じゃがいもなどを作りました。昭和二十三年ぐらいまでかけて、十四人が入植しています。満州からの引揚げ者がけっこういました。それから都会からの人や軍人、地元の二、三男坊です。土地は鹿島川の扇状地のため耕土がほとんどなく、松林や雑木林なので根っこを抜かなければならず、重機で抜いてもらうのですが、あとは石ころばかりだったので、石をどかして土を整備して畑にしていきました。

　近くの村から通って開墾していたのですが、昭和二十一年になってようやく六畳二間の大きさの茅葺の小屋ができました。左半分が土間、いろり、台所、右半分が居間で板の間にゴザを敷いただけ、壁も横板を打っただけの粗末なもので、冬には雪が吹き込みました。昭和二十二年に父が地元の女性を後添いの嫁としてもらい、翌年私が生まれました。そのころ住んでいた小屋がまだ家の裏に残っています。同じような小屋がここに三軒ぐらい並んでいましたが、自分の土地に家を建て引っ越していきました。

　父たちが開拓に入って二、三年たったころにここの土地の名前をつけないといけないということになって、新しい故郷という意味で新郷という名前をつけました。隣の仁科郷（にしなごう）は仁科氏の地元なのでそういう名前になったのだろうし、西原（にしはら）は借馬（かるま）地籍から見て西の方の原っぱだったら西原になったのでしょう。西の方に花見（けみ）というところがあり、その北が中花見（なかけみ）、花見の西の高台になっているところが上原（わっぱら）、この六ヶ所がこの辺りの開拓地です。皆二十歳から五十歳の働き盛りで自分の土地に家を建て開墾していきました。我が家も昭和二十七年に家を建て、小屋の生活に別れを告げ、暮れには電気が引かれ、薄暗いランプ生活とも決別しました。

　このころ昭和電工がアルミ精錬のために青木（あおき）発電所を新設、その水を導水路を掘って常盤（ときわ）発電所に送ることになり、村内の水利が大幅に変わることになりました。導水路より下手は導水路を流れる青木湖の水を使い、上手は昔からある鹿島川の水を使うことで、水が使いやすくなり、開拓民に水利権が開放されようやく念願の水田が作れるようになりました。

水田つくりは大変です、床面を水平にしなければならないのですが、傾斜のある原野を耕土がどれだけとれるかもわからない中、ところどころ試し掘りをして耕土の量を見つつ、勘と度胸と後に経験で床面の高さを決め、耕土をはぎ取り、高いところの土砂を低いところに埋めて平らにし、耕土を広げていくのです。十アールの田を作るには一人で一年はかかります。困るのは動かせないほど大きな石が出たとき、見込み違いで土砂が余ったとき、どうすることもできず諦めるのです。

国の制度資金を借りながら開田を続ける、このころは運悪く冷害続きで収穫は皆無でした。どこの家も苦しかったと思います。米が穫れるようになったのは昭和三十年頃で、小さい頃はあまり御飯を食べた記憶がなく、毎日が「すいとん」の生活でした。昭和二十九年七月に四町村が合併して大町市になりました。しかしながら水道はひかれず昭和三十一年まで待たねばなりませんでした。

そんな頃、黒四ダムの建設が始まりました。大町が資材の基地になり空前の景気に沸きました。そのなごりが黒四ダムに通じる関電トンネルで、例の「黒部の太陽」という映画になっている現場です。だからこの辺りは工事関係者の飯場になって、鹿島建設や熊谷組、間組等大手のゼネコンがみんな来ていました。そこで働く人たちの子供はこの辺の学校に通っていたので、知らないような名前がいっぱいあって、時々転校していなくなったり、住みついた人もいました。そのときにお金が大量に動く特需景気があったので、飲み屋もたくさんできて、暴力団もいました。その昭和三十年代の気風の名残りがまだあるような気がします。

東京オリンピックが終わり地元の大学に入った昭和四十一年に最後の田んぼができました。重機は終わりのころにようやく使えたのですが、ほとんど人力でしたから、田んぼは年に一枚ぐらいしか作れないのです。うちは父が高齢だったから遅くまでかかったのですが、早い人達はさっさと作って黒部ダムの仕事に出稼ぎに行く。開拓者の多くはそれをやっていました。

私は大学を出ると東京へ行ってコンピューターの仕事につき、昭和四十九年に長野に戻ってきて、会社勤めをしながら農業を継ぎました。妻とはこの会社で知り合いました。会社ではコンピューターの仕事、家では米作り農業をしていましたが、子供が大学に行くときに、「うちの米はいらない、無農薬の合鴨農法の米を買うから」と言われて家内がショックを受けて、「うちも合鴨農法をやる」と言ったのがことの始まりです。合鴨農法といってもなにも知らないから、たまたま木崎湖の近くの山本さんという方が合鴨農法をやっていたので教えてもらおうということになった。最初の年は三枚の田んぼで合鴨農法をやったのですが、減反の田を米作りに復帰する都度合鴨農法に切り替えたのでいつのまにか全部の田んぼが合鴨農法になり、家内が怒ること怒ること。合鴨農法の米は売り先がないんです。安く売ればいくらでも売れるんだけど、たくさん作っているわけでもないし、それなりの品質のものだと考えているので高い値をつけるから、なかなか買ってもらえない。しかし合鴨農法を見に人が集まってくれてつながりができるのが嬉しいし、自分のやっている仕事で面白い話ができるという利点もあります。

私は稲の間を鴨が通れるように意図的に普通より広く空けて植えていて、それが合鴨農法でのキーかなと考えています。そうすると風通しがいいから稲も病気になりにくい。コシヒカリなどは本数がけっこう増え、普通は一株二十本ほどのところが三十本とか四十本になるのですが、一本一本のスペースが確保されるから丈夫な稲になるんです。病気になるのは蒸れるのが一番の理由で、菌が繁殖しやすくなる。しかしまばらに植えると風通しがいいから病気になりにくい。それから合鴨農法だと鴨が虫を食べるので、殺虫剤をまかなくてもいいし草も食べてくれるので除草剤もいりません。

稲の病気には数種類あって、苗のときに起きる病気の立ち枯れ病は、植えて育てばセーフ、そうでなければ苗箱に農薬をまいたりして抑えます。六月になって蒸し暑くなると紋枯れ病というのが流行りますが、それは茎のところにカビが生えて茶色くなっていって、ひどくなると枯れてしまいます。そして七月の終わりから八月にかけていもち病という一番ポピュラーな病気が出ます。菱形の斑点が出てくるカビで、二、三日で田んぼいっぱいに広がって枯れてしまいます。穂首が枯れると穂全体がだめになり、収穫皆無です。しかし風通しがいいとそんな病気にはならない。ぎしぎしに詰めて植えるとまっすぐ上にしか伸びず、いもち病も出やすくなります。まばらに植えると茎全体が広がり蒸れることが少なく病気になりにくいんです。

それから葉っぱを食べる虫、イナゴよりも小さいカメムシ、ドロムシのような虫がたくさんいますが鴨が始末してくれるので被害はほとんどありません。根を鴨につつかれるので、根も緊張して普通の根の倍ぐらいに伸びて、養分はとりやすく倒れにくく、米の粒が大きくなります。米粒を削って使う酒造りにも向いていると思います。南魚沼産コシヒカリもたくさん植えず反収をわざと減らして美味い米として高値で売っている。理屈は同じです。うちの米はコシヒカリ等ですが、作り方で美味い米になっているのです。肥料をたくさん撒いて、たくさん穫ろうとすればするほど米は不味くなる。荒れ地に生えた米の方がたぶん美味いでしょう。

合鴨農法は、鴨を仕入れたりネットを張ったり、そのためのお金もかかるけれど、安心安全の米が作れればいいというスタイルです。うちの米は大抵のところの米よりは美味い。人よりもちょっと苦労しないといいことはなにも起きないという教えを実践しているんです。肥料や農薬を使って米をたくさん作って安く売るというのが今の農法で、安くないと売れない。そうではなくて、同じ苦労をするなら楽しくやって、作る量が少なくても少し高く売って、肥料も農薬も使わない、そういう形でやりたい。将来的には、反当たりの売上げは従来農法と同じベースにしたい。広告を出してもなかなか反応が乏しく、インターネットでの販売もあまり成果が出ていないのが苦しいところで、どの商売も同じですが、販路の確立は大変です。

四季のうちでも春はやることがいっぱいある繁忙期です。やるべきことを一定の期限までにやり終えなければその年のスケジュールが狂う。すべては日照時間の積算で決まるので、遅れると収穫も遅くなるんです。だから春は雨の日でも田んぼの仕事をやります。そのためにキャビン付きのトラクターにしました。一般に早く春の作業を終えてしまおうという傾向があって、兼業農家は五月の連休に田植えをやってしまう。うちはもう少し遅く、秋も稲刈りはいつもうちが一番遅い。秋の仕事が終わるとほっとします。昔の人はそうすると近場の温泉に行ったものですが、私たちも近所の農業仲間と年一回の旅行に出かけます。

米は誰でも簡単に育てられます。種を蒔いて苗を作り植えてほうっておけば勝手に稲になるから手が掛らない。だから兼業農家という言葉が出るように楽なんです。なにもしないでいると草がひどくなるのでそれをどうするかというだけです。しかし米で利益をあげようとすると耕作面積を広げねばならないから大変なのです。どんなに高く売っても六十キロ（一俵）一万二千円になれば御の字で、そうすると普通十アール当たり十俵取れて十二万千円、一ヘクタール百二十万円。そんな慣行農法だと農機具とか肥料、農薬の必要経費が半分以上になってしまって商売としては厳しい。だからいま農業法人がいっぱいできているけれども、農業だけでは食えないから補助金をもらって食っている。補助金がなくなると倒れます。海外の米が安いからそれを買えという話になる。高齢で米を作っている人はみな誰か代わりにやってくれないかと探しています。狭い面積で自分の食べる分だけ作るという考えもあります。それだけ大変なんです。いままでの百姓の概念とは違った概念でやらないとやっていけない。とはいえ、私の結論は、体の動く間はちょっと辛くても人のやらないことを楽しんでやってみる、ということです。

あとがき

私は短歌文芸誌『ぱにあ』に二〇一二年に入会し、歌詠みの拠り所にしております。そして二〇一五年からは〝歌の現場・「風を起こす」〟と題して、合鴨農法のこと、家族・暮し、地域の行事、小学校との関わり、四季折々の景色など思いのままの散文を綴り、今年の秋号で連載十二回になりました。私自身十二回も書き続けられるとは、思ってもいないことで、これは『ぱにあ』の秋元千恵子代表の広い懐のおかげと深く感謝いたします。

去年、歌集『ガーコママの歌』の上梓にあたり私の背を強く押して下さったのは秋元代表でした。そして、短歌と人生の先輩である久保田幸枝さんです。

皆の後押しで出来た歌集を手にほっとしている所へ、今度は「風を起こす」を纏めたエッセイ集を出してみないかと勧められました。私には夢のような話でしたが、夢は一歩踏み出せば叶えられるのだという思いから決意いたしました。秋元代表に手を引かれて実現したエッセイ集です。

出版にさいして、大町の我家まで打ち合わせに来て下さった洪水企画の池田康さんは、夫の話す開拓の話を録音し原稿に起こして下さり、お蔭で我家の始まりの歴史と夫の思いを活字にする事ができました。現在も家の裏にかろうじて立っている朽ち掛けた小屋が我家の原点です。いつの日かその形を失っても、夫の思いを子供たちに残せたことが私にとって一番の喜びです。企画して下さった池田さんに心から感謝いたします。

そして、装丁の巖谷純介さんに大変お世話になりました。厚くお礼申し上げます。

令和元年九月末日　空にいる懐かしい人たちに感謝をこめて

塚田　恵美子

塚田恵美子（つかだ・えみこ）

昭和 24 年　　東京都生れ
昭和 46 年　　学習院大学　経済学部卒業
平成 19 年　　松本中日文化センター
　久保田幸枝先生・短歌講座受講
平成 20 年　　「短歌新潮」入会
平成 24 年　　短歌文芸誌「ぱにあ」入会
平成 30 年　　現在編集同人
　　　　　　　第一歌集『ガーコママの歌』刊
令和 1 年　　　現代歌人協会　入会

現住所
398-0001
長野県大町市平 8040-187

風を起こす

著　者	塚田恵美子
発行日	2019 年 11 月 25 日
発行者	池田康
発　行	洪水企画
	〒 254-0914 神奈川県平塚市高村 203-12-402
	TEL&FAX 0463-79-8158
	http://www.kozui.net/
装　幀	巖谷純介
印　刷	シナノ印刷株式会社

ISBN978-4-909385-16-1

Printed in Japan